Georges Feydeau

Feu la mère de Madame

Dossier et notes réalisés par
Françoise Spiess

Lecture d'image par
Sophie Barthélémy

folioplus
classiques

Françoise Spiess, ancienne élève de l'École Normale supérieure, est agrégée de lettres modernes. Elle a été conseillère pour l'éducation artistique au ministère de l'Éducation nationale. Elle enseigne le théâtre à l'université Paris-XII et est metteur en scène. Elle a publié de nombreux ouvrages, en particulier des commentaires d'œuvres théâtrales à destination des élèves, notamment aux éditions Gallimard : *Le Bourgeois gentilhomme*, *3 pièces contemporaines*, *Les Fourberies de Scapin*, *Le Théâtre en coulisses*, *L'Avare* (à paraître).

Conservateur au musée des Beaux-Arts de Quimper de 1991 à 2000, **Sophie Barthélémy** est depuis janvier 2001 en poste au musée des Beaux-Arts de Dijon où elle s'occupe des collections de peintures du XIXe siècle et de l'art contemporain. Responsable du service éducatif du musée des Beaux-Arts de Quimper et, actuellement, référent scientifique pour l'action culturelle du département des publics au musée de Dijon, elle a assuré de nombreuses formations d'histoire de l'art à destination du corps enseignant et participé à la conception ainsi qu'à l'écriture de plusieurs publications pédagogiques.

Sommaire

Feu la mère de Madame

PERSONNAGES

	Comédie-Royale, 1908	Comédie-Française, 1941
	MM.	MM.
LUCIEN	Marcel Simon	Pierre Bertin
JOSEPH	Lacoste	Fernand Ledoux
	Mmes	Mmes
YVONNE	A. Cassive	Madeleine Renaud
ANNETTE	G. Chalon	Catherine Fonteney

DÉCOR

LA CHAMBRE À COUCHER D'YVONNE

Intérieur modeste, mais avec une recherche d'élégance et de confort ; luxe à bon marché, bibelots gentils mais sans valeur. Au mur, des gravures modernes encadrées, des éventails japonais, etc.

Au fond, une porte donnant sur le vestibule. À droite, deuxième plan, une porte dont les battants sont enlevés et remplacés par une portière. À gauche, deuxième plan, en pan coupé, porte donnant dans la chambre de Lucien. À gauche, premier plan, une cheminée surmontée de sa glace. À droite, premier plan, un lit de milieu ; contre le pied du lit, une banquette aussi longue que la largeur du lit. À la tête du lit, côté public, une petite table étagère (sur cette table, une veilleuse allumée et un flacon de pharmacie) ; de l'autre côté du lit, également à la tête, un fauteuil. Contre le plan de mur qui sépare la porte du fond de la porte de gauche, un petit secrétaire de dame, ouvert. À droite du secrétaire, appuyée au mur, une chaise. Près de la cheminée, presque à l'avant-scène et légèrement dos au public, un fauteuil ; sur ce fauteuil, un jupon et une chemise de jour de femme. Sur la cheminée, une pendule, des candélabres ; plus à droite, un service d'eau (soit : une carafe coiffée de son verre sur son plateau) ; à gauche, une boîte d'allumettes et une veilleuse-réchaud, pour faire de la tisane. Contre le mur, à droite de la porte du fond, un canapé. Dans l'encoignure, une petite table placée de biais. Jeté sur le pied du lit, un saut-de-lit[1] *de femme... Par terre, côté public, les pantoufles d'Yvonne (sans contreforts ni talons); de l'autre côté du lit, les pantoufles de Lucien. Au plafond, un lustre actionné par un interrupteur placé à gauche de la porte du fond. Dans le secrétaire, de quoi écrire et quelques cartes-lettres.*

1. Peignoir.

Scène I

YVONNE, PUIS LUCIEN

Au lever du rideau, la scène est dans la pénombre, uniquement éclairée par la veilleuse qui est sur la petite table à droite du lit. Yvonne, couchée dans le lit, dort profondément ; on entend le bruit léger et régulier de sa respiration. (Attendre cinq secondes après le lever du rideau et sonner une fois.) Yvonne, que cette sonnerie ne réveille pas, mais tout de même troublée légèrement dans son sommeil, pousse un soupir plus long et se retourne un peu sous sa couverture. (Compter jusqu'à dix après la première sonnerie, puis sonner à nouveau une fois.)

YVONNE, *qui est couchée sur le côté gauche, presque aussitôt cette sonnerie, ouvre des yeux gonflés de sommeil, soulève un peu la tête, puis* : Qu'est-ce que c'est que ça ? *(Nouveau coup de sonnette. — Avec humeur :)* Je parie que c'est Lucien qui a oublié sa clé !... *(Rejetant ses couvertures.)* C'est bête de vous donner des palpitations pareilles ! *(Elle saute du lit ; elle est en chemise de nuit, pieds nus et jambes nues. — Deux coups de sonnettes successifs. — Furieuse.)*

Voilà ! *(Elle saisit son peignoir d'un geste brusque et chausse vivement ses pantoufles. — Sonneries répétées.)* Mais voilà, quoi. *(N'ayant pas le temps d'enfiler son peignoir, elle se le jette autour du cou comme un cache-nez. Elle gagne ainsi jusque dans le vestibule, puis arrivée à la porte d'entrée qui donne sur le palier, sur un ton bourru :)* Qui est là ?

VOIX DE LUCIEN, *piteuse comme celle d'un enfant en faute qui a peur d'être grondé* : C'est moi ! J'ai oublié ma clé !

YVONNE, *dans le vestibule* : Ah ! naturellement ! *(Tout en ouvrant la porte dont on entend le bruit de serrure :)* Comme c'est agréable ! *(Redescendant en scène.)* Allez ! entre ! *(Arrivée à l'avant-scène droite, elle grimpe dans son lit, cela par le genou, dos au public. Pendant ce temps, Lucien a refermé la porte d'entrée, on l'entend qui assujettit*[1] *la chaîne de sûreté. Sur le : « Allez entre ! » de sa femme, Lucien paraît ; il est en costume Louis XIV sous un imperméable fermé jusqu'au cou, et qui ne descend pas plus bas que le bas des hanches. Autour du collet relevé de l'imperméable, un foulard noué. Il a des gants blancs trempés aux mains ; ses souliers sont crottés et ses bas de même jusqu'aux mollets. Tout le dos de l'imperméable n'est qu'une large tache d'eau. À son entrée, il a les mains empêtrées*[2] *de son bougeoir allumé, de sa canne Louis XIV et de son parapluie. Son épée s'accroche dans la porte quand il franchit le seuil. Yvonne dans le lit.)* Eh ! bien ! c'est pour demain ?

LUCIEN : Voilà !... Je te demande pardon !

En ce disant il tourne le commutateur électrique à gauche de la porte, ce qui allume le lustre.

1. Met en place.
2. Embarrassées.

YVONNE, *avec humeur* : Ah ! tu me demandes pardon ! Tu aurais mieux fait de ne pas oublier ta clé. C'est gai d'être réveillée en sursaut quand on dort.

LUCIEN, *sur un ton confus* : Je t'ai réveillée ?

YVONNE, *sur un ton coupant* : Évidemment, tu m'as réveillée ! Tu ne penses pas que je t'ai attendu jusqu'à cette heure-ci ?

LUCIEN, *bien sincèrement, comme soulagé, tout en pivotant pour aller vers la cheminée afin d'y déposer son bougeoir* : Ah ! tant mieux !

Il fait mine de souffler sa bougie, mais s'arrête à la voix d'Yvonne.

YVONNE : Comment, « tant mieux » ! tu es content de m'avoir éveillée ?

LUCIEN : Mais non ! je dis tant mieux... que tu ne m'aies pas attendu.

Il souffle sa bougie, la dépose sur la cheminée, pose sa canne dans l'encoignure de cette dernière, puis, son parapluie entr'ouvert et ruisselant sous le bras, se dirige vers le lit, en secouant ses mains glacées sous ses gants trempés.

YVONNE : Je me demande un peu si c'est une vie de rentrer à cette heure-ci !

LUCIEN, *tout en retirant ses gants* : Je n'ai pas pu trouver de fiacre. Et il fait un temps ! Il n'y avait que des lanternes[1] pour Vaugirard ou le Château-d'Eau ! On ne trouve jamais les lanternes de son quartier.

1. Fiacres munis de lanternes, et portant des pancartes avec l'indication de leur trajet.

YVONNE : Je suis sûre qu'il doit être des heures ! !...

LUCIEN, *sans conviction* : Oh ! non, il est à peine...

À ce moment précis, la pendule de la cheminée se met à sonner quatre coups.

YVONNE, *lui coupant la parole* : Attends ! *(Tous deux prêtent l'oreille, Lucien avec une certaine grimace. Une fois les quatre coups sonnés, Yvonne avec un rictus aux lèvres.)* Quatre heures dix !

LUCIEN : Comment, « dix » !

YVONNE, *coupante* : Évidemment ! La pendule retarde de dix minutes !

LUCIEN : C'est pas possible, elle bat la breloque[1]... Tout à l'heure, quand je suis passé devant la gare Saint-Lazare...

YVONNE : Oui ! Oui ! Tu vas me dire qu'il était minuit !

LUCIEN : Minuit, non, mais...

YVONNE : Mais si ! mais si ! c'est une chose connue : quand les maris découchent, les pendules de leurs femmes battent toujours la breloque...

LUCIEN, *allant au lit* : Oh ! que tu es exagérée ! Voilà que je découche, à présent ! *(S'asseyant sur le pied du lit.)* Enfin, c'était convenu que je rentrerais tard, puisque j'allais au bal des Quat'-z'arts[2] ! Je ne pouvais pourtant pas le quitter avant qu'il fût commencé...

YVONNE, *sur un ton sans réplique* : Tu aurais mieux fait de ne pas y aller du tout !... Est-ce que c'est ta place ! Qu'est-ce qu'ils ont dû penser de toi aux Quat'-z'arts !... en te voyant, toi, un homme marié !

LUCIEN, *qui, depuis son entrée, n'a pas quitté son parapluie, distraitement traçant avec des dessins sur le tapis comme*

1. Est déréglée.
2. Bal de l'École des beaux-arts.

on le fait avec une canne sur le sable : Oh ! je t'assure qu'ils ne se sont pas occupés de moi !

YVONNE, *brusquement lui envoyant à travers la couverture un coup de genou dans la hanche* : Mais fais donc attention !

LUCIEN, *que ce coup a fait sauter du lit* : Quoi ?

YVONNE, *criant* : Ton parapluie ! Tu inondes mon tapis.

Instinctivement il baisse la tête pour constater le dégât, ce qui fait que du bord de son chapeau s'échappe une rigole d'eau.

YVONNE, *criant plus fort* : Et ton chapeau !... Il dégoutte.

LUCIEN, *tout abasourdi, se précipitant vers la porte du fond pour déposer chapeau et parapluie dans le vestibule* : Oh !... Je te demande pardon.

YVONNE : Ne pas même voir qu'il rigole !

LUCIEN, *en sortant* : Il a bien de la chance !

YVONNE, *rageuse* : Oui, oh ! fais de l'esprit ! *(Lucien a reparu et s'est arrêté, piteux, entre la porte et le secrétaire. Il tire bêtement sur un des bouts de son foulard pour le sortir du collet de son imperméable. Yvonne le considère avec pitié.)* Ah ! non, la touche que tu as, comme ça !

LUCIEN : C'est la pluie !

YVONNE : Oui, oh ! tu es joli !... Regarde-moi ces bas ! D'où ça sort-il ?

LUCIEN, *piteux* : Du magasin de blanc[1] !

YVONNE : Ah ! bien ! ils peuvent y retourner ! Ah ! là, là... *(Brusquement :)* Mais enlève donc ton paletot ! Tu ne comptes pas coucher avec !

LUCIEN, *décidé à toutes les concessions* : Tu as raison.

Il se tourne dos au public et enlève son paletot qu'il dépose sur la chaise à droite de

1. Magasin qui vend du linge.

la porte, puis, tirant son épée d'un geste large, il va la ranger contre la cheminée.

YVONNE : C'est vrai, ça ! *(Voyant Lucien qui, redescendu au milieu de la scène, a un frisson. Sur un ton obsédé :)* Qu'est-ce que tu as ?

LUCIEN, *fait signe de la tête que ce n'est rien, puis* : J'ai froid.

YVONNE, *narquoise* : Ah ! T'as froid ! Tu voudrais peut-être que je te plaigne ?

LUCIEN, *avec un mouvement d'impatience* : Mais non ! Tu me demandes, alors je te dis.

YVONNE : Eh ! bien, ça t'apprendra à faire la noce ! *(Voyant Lucien qui s'est approché dos à la cheminée et présente ses mains et, alternativement, chacun de ses pieds au foyer. Sur un ton de pitié :)* Qu'est-ce que tu fais dans la cheminée ?

LUCIEN, *même jeu, très simplement* : J'essaie de me réchauffer.

YVONNE : Il n'y a pas de feu !

LUCIEN, *répétant machinalement* : Il n'y a pas de... hein ? *(Jetant un regard, sur le foyer :)* Ah ! oui tiens !... L'habitude, tu sais. Comme quand il y a du feu, c'est là-dedans qu'on le met... alors, inconsciemment !...

YVONNE : Ssse !

LUCIEN, *d'un ton minable* : Comme c'est peu charitable à toi de m'enlever mes illusions ! Je commençais déjà à me réchauffer.

YVONNE : Ah ! tu te chauffes avec des illusions. Toi ? Eh bien ! dorénavant, mon vieux... pour ton feu !...

LUCIEN, *agacé, haussant les épaules et remontant vers le fond* : Ah ! la bada[1] !

---

1. Expression vieillie équivalant à « ça va ! ».

YVONNE, *revenant à la charge*: Non! penser qu'on n'est marié que depuis deux ans et que monsieur lâche déjà sa femme pour aller au bal des Quat'-z'arts!

LUCIEN, *obsédé*: Écoute, je t'en prie... je suis fatigué, tu me feras une scène demain.

YVONNE: Oh!... je ne te fais pas de scène! je constate.

LUCIEN, *descendant un peu en scène*: Si tu ne comprends pas qu'un homme a besoin, pour ne pas s'encroûter, de tout voir, de tout connaître... pour former son esprit!...

YVONNE, *avec un profond dédain*: Oh! non!... non! Écoutez-moi ça! T'es caissier aux Galeries Lafayette; c'est ça qui peut te servir pour ta profession, de connaître le bal des Quat'-z'arts!

LUCIEN, *piqué*: Je ne suis pas que caissier! Je suis peintre.

YVONNE, *haussant les épaules*: T'es peintre! Tu barbouilles.

LUCIEN, *vexé*: Je barbouille!

YVONNE: Absolument! Tant qu'on ne vend pas, on barbouille. Est-ce que tu vends?

LUCIEN: Non, je ne vends pas! Évidemment, je ne vends pas! La belle malice! Je ne vends pas... parce qu'on ne m'achète pas!... Sans ça!...

YVONNE: T'as jamais bien peint qu'une chose!

LUCIEN, *heureux de cette concession*: Ah!

YVONNE: Ma baignoire... au ripolin.

LUCIEN, *vexé, gagnant vers la cheminée*: Oh! c'est drôle! Oh! c'est spirituel. Va, marche! *(Revenant vers le lit.)* N'empêche que je suis plus artiste que tu ne crois! Aussi, comme artiste, est-il tout naturel que j'aille chercher des sensations d'art.

YVONNE : Allons ! allons ! dis que tu vas chercher des sensations, un point, c'est tout ! Mais ne parle pas d'art !

LUCIEN, *renonçant à discuter* : Ah ! tiens, tu me cours[1] !

Il gagne jusqu'à la cheminée et se met en posture de retirer son jabot devant la glace.

YVONNE, *rejetant ses couvertures* : Non… mais… *(Elle saute à bas du lit et, pieds nus, court à Lucien ; puis, après l'avoir fait pivoter face à elle.)* Non mais cite m'en une, si je te cours ; cite m'en donc une, de tes sensations d'art !

LUCIEN : Mais absolument.

YVONNE, *d'un ton coupant* : C'est pas une réponse ! Cite m'en une !

Elle redescend en scène.

LUCIEN, *descendant à sa suite* : Je n'ai que le choix… Tiens, par exemple, quand on a fait l'entrée d'Amphitrite. *(La toisant et avec un sourire un peu dédaigneux.)* Tu ne sais peut-être pas seulement ce que c'est que l'Amphitrite ?

YVONNE : Oh ! n'est-ce pas ? Je ne sais pas ce que c'est !… C'est une maladie du ventre !

LUCIEN, *ahuri* : Quoi ?

YVONNE : Absolument !

LUCIEN, *pouffant* : Une maladie du ventre ! C'est la déesse de la mer.

YVONNE, *interloquée* : Ah ?… *(Acariâtre :)* Eh ! quoi ! je confonds… avec l'entérite.

LUCIEN : Ça ne se ressemble pas !

YVONNE : Quoi ! on peut se tromper.

LUCIEN : Oui, eh ! bien, quand le cortège a fait son entrée, ça, ç'a été une sensation d'art ! Un modèle admirable, com-

1. Tu m'ennuies.

plètement nu, dans une coquille nacrée, portée par des tritons et des sirènes !

YVONNE, *pincée* : Une femme toute nue !

LUCIEN : Toute nue.

YVONNE : C'est du propre !

LUCIEN, *très posément* : Eh bien ! Justement, c'est ce qui te trompe ! Il n'y avait rien d'inconvenant.

YVONNE : Oui ? Eh ! bien ! je ferais ça, moi !...

Tout en parlant elle gagne l'avant-scène droite et grimpe dans son lit.

LUCIEN, *levant les bras au ciel* : Ah ! parbleu, évidemment, toi !... C'est bête ce que tu dis.

YVONNE, *dans son lit et sur son séant* : Enfin, quoi, une chose est inconvenante ou elle ne l'est pas.

LUCIEN : Elle ne l'est pas quand c'est des modèles !... Et celui-là : une ligne !... Et des seins, ah !... comme je n'en ai jamais vu !

Il va à la cheminée.

YVONNE, *faisant une révérence de la tête, puis sur un ton pincé* : Je te remercie.

LUCIEN, *se retournant, interloqué* : Quoi ?

YVONNE : T'es encore poli !

LUCIEN, *lève les yeux au ciel, puis* : Allons, bon ! Tu vas encore te formaliser. Je ne dis pas ça pour toi ! Évidemment les tiens sont très jolis ! Mais enfin... ce ne sont tout de même pas des seins de modèle.

Il retourne à la cheminée pour défaire son jabot.

YVONNE : Ah ! vraiment ?... (*Rejetant ses couvertures et sautant à bas du lit pour foncer sur Lucien. Pendant le trajet, tout en dénouant précipitamment les rubans de sa chemise.)* Et... et... *(Arrivée à Lucien, le faisant pivoter face à elle.)* et qu'est-ce que tu leur reproches ?

Dos au public, et face à Lucien, elle s'est campée devant lui, le devant de sa chemise ouvert et tenu écarté des deux mains.

LUCIEN, *absolument ahuri par cette ruade inattendue* : Hein ? mais je ne sais pas... Eh ! bien ! tiens, par exemple, là...

Il indique avec ses doigts une place de la poitrine d'Yvonne.

YVONNE, *lui appliquant une tape sur la main et bondissant en arrière* : Assez ! Je te défends d'y toucher ! Va donc toucher ceux de la dame, puisqu'ils sont mieux que les miens !

LUCIEN : Oh ! que tu es bête !

YVONNE, *revenant à la charge* : Allez ! allez, dis ! qu'est-ce que tu leur reproches ?

LUCIEN, *serré entre le chambranle droit de la porte de gauche et Yvonne littéralement collée contre lui* : Oh ! peu de chose !... Même en dessous ils sont très bien ! là, tu vois, je suis juste. Mais au-dessus, dame ! ça creuse un peu, ça...

YVONNE, *indignée* : Ça creuse !

LUCIEN, *avec un geste de la main faisant image* : Alors ça les fait légèrement en portemanteau.

YVONNE, *renouant vivement les rubans de sa chemise* : En portemanteau ! en portemanteau ! C'est trop fort !

Elle saisit vivement Lucien par le bras gauche et l'envoie pivoter au milieu de la scène.

LUCIEN, *ne sachant pas ce qui lui arrive* : Non, mais quoi ?

YVONNE, *qui a ouvert aussitôt la porte ainsi dégagée, appelant* : Annette !... Annette !

VOIX D'ANNETTE, *tout ensommeillée* : Hoon ?

YVONNE : Annette, levez-vous !

LUCIEN, *étonné* : Annette ?

YVONNE : Vous entendez ce que je vous dis !

VOIX D'ANNETTE, *accent alsacien* : Matame ?

YVONNE : Allez, houste ! debout.

VOIX D'ANNETTE : Oui, matame.

LUCIEN : Ah ! ça, comment, Annette ? C'est Annette qui est dans ma chambre ?

YVONNE, *passant devant lui pour aller s'asseoir sur la banquette près du lit* : Eh ! bien ! oui, quoi, Annette ! oui, Annette.

LUCIEN : Ah ! bien ! elle est raide, celle-là ! tu fais coucher la bonne dans mon lit, à présent ?

YVONNE : Non, mais tu aurais peut-être voulu que je reste toute seule dans l'appartement pendant que tu allais faire la noce ? Ah ! non, merci ! *(S'accoudant du bras gauche sur la barre de cuivre du pied du lit.)* Moi, j'ai peur !

LUCIEN : C'est un comble ! la bonne dans mon lit ! Mais où est-ce que je vais coucher, moi, alors ?

YVONNE : Eh ! bien... là !

Elle indique la chambre de gauche.

LUCIEN : Avec la bonne ?

YVONNE : Quoi ? « la bonne » ? Quoi, « la bonne » ? Maintenant que tu es rentré, Annette montera dans sa chambre et tu reprendras ton lit.

LUCIEN : Jamais de la vie ! Coucher dans ses draps !

YVONNE : Mais c'est pas ses draps, c'est les tiens.

LUCIEN : Mais elle a couché dedans, ça me suffit !

YVONNE, *se levant et, tout en parlant, regrimpant dans son lit* : Oh ! naturellement ! S'il s'agissait de coucher dans les draps du modèle tout nu, tu ferais moins le dégoûté...

LUCIEN, *légèrement égrillard*: Ben ! tiens !

YVONNE, *qui à genoux sur son lit, s'occupe tout en parlant à secouer ses oreillers, se retournant vers Lucien à ce mot*: Qu'est-ce que je disais ! *(Rampant sur les genoux jusqu'au milieu du lit.)* T'aimerais mieux ça, hein ? *(Gagnant de même jusqu'au pied du lit.)* T'aimerais mieux ça, dis ?… Cochon !…

Elle se recouche.

LUCIEN, *excédé*: Oh !… la barbe !

Il gagne jusqu'à la cheminée.

Scène 2

LES MÊMES, ANNETTE

ANNETTE, *arrivant de gauche. Elle est en tenue de nuit. Chemise de grosse toile froncée au-dessus de la poitrine et dans le dos, de façon à laisser un décolleté, et ayant deux petites manches courtes et évasées s'arrêtant aux biceps. Jupon de laine par-dessus laissant passer le bas de la chemise. Elle est jambes nues dans des savates de feutre. Ses cheveux, en désordre, sont en bandeaux par-devant, et sont tenus par-derrière par deux nattes serrées qui se redressent en l'air. Elle s'avance ainsi à moitié endormie, les yeux bouffis de sommeil*: C'est mâtâme qui m'temante ?

YVONNE, *sautant à bas du lit à l'entrée d'Annette et courant à elle*: Oui, venez un peu ! Vous ne savez pas ce que dit monsieur ?

ANNETTE, *dans un bâillement*: Non, mâtâme.

YVONNE: Il dit que j'ai les seins en portemanteau.

ANNETTE, *indifférente et endormie*: Ah ?… bien, mâtâme !

LUCIEN, *ironique*: C'est pour lui raconter ça que tu fais lever la bonne?

YVONNE: Parfaitement, monsieur! Je veux qu'elle te dise elle-même ce qu'elle en pense, de ma poitrine, pour te prouver que tout le monde n'est pas de ton avis. *(À Annette:)* Qu'est-ce que vous me disiez, l'autre matin, justement à propos de ma poitrine?

ANNETTE, *ouvrant péniblement les yeux*: Ché sais pas, mâtâme.

YVONNE, *appuyant chacun de ses membres de phrase d'une petite tape sur le bras ou la poitrine d'Annette*: Mais si, voyons! J'étais en train de faire ma toilette; je vous ai dit: « C'est égal, il n'y en a pas beaucoup qui pourraient en montrer d'aussi fermes que ça! » Qu'est-ce que vous m'avez répondu?

ANNETTE, *faisant effort sur soi-même*: Ah! oui, ch'ai dit: « Ça, c'est vrai, mâtâme! quand che vois les miens, à gôté, on dirait teux pésaces! »

YVONNE: Là! tu l'entends?

LUCIEN, *saisissant brusquement Annette par le bras droit et la faisant passer*: Eh bien! quoi? quoi? qu'est-ce que ça prouve? Je n'ai jamais contesté que tu eusses une gorge rare: mais entre le rare et l'unique, il y a encore une marge.

YVONNE, *tandis qu'Annette, en attendant la fin de leur discussion, est allée s'asseoir et somnoler sur le siège, près de la cheminée*: Ah! vraiment? Eh! bien! désormais, tu pourras en faire ton deuil de ma gorge!

LUCIEN, *avançant la main pour répondre*: Oui, eh! ben...

YVONNE, *se méprenant sur son geste et lui appliquant une tape sur la main*: Pas touche!

LUCIEN, *furieux*: Ah! là, voyons!

YVONNE: Je la garde pour d'autres!... qui sauront l'apprécier.

Elle a gagné l'avant-scène droite et regrimpe dans son lit.

LUCIEN, *furieux, arpentant la scène, les deux mains dans les poches de sa culotte*: Eh ! ben, bon ! bien ! ça va bien ! garde-la pour d'autres ! garde-la pour qui tu voudras ! pour le pape, si tu veux ! Ah ! non, non, la patience qu'il faut avoir !...

Sans regarder il se laisse tomber sur le siège, près de la cheminée, qu'il croit inoccupé et sur lequel dort Annette.

ANNETTE, *réveillée en sursaut et poussant un grand cri*: Ah !

LUCIEN, *se redressant d'un bond et furieux*: Eh, allez vous coucher, Annette !

ANNETTE, *maugréant, tout en remontant*: C'est pour ça qu'on m'a fait lever ?

LUCIEN, *entre le lit et le fond*: Ce n'est pas moi qui vous ai fait lever, c'est madame.

ANNETTE: On aurait aussi pien fait de me laisser dormir !

YVONNE: Ah ! c'est bien, Annette, n'est-ce pas ? On ne vous demande pas vos réflexions !... Et puis, *(Annette qui s'apprêtait à rentrer, s'arrête à la voix d'Yvonne)* puisque vous êtes debout, vous allez en profiter pour monter dans votre chambre et rendre son lit à monsieur.

Annette fait de nouveau mine de sortir et s'arrête comme précédemment à la voix de Lucien.

LUCIEN, *impératif*: Du tout ! du tout ! elle l'a pris ; qu'elle le garde ! moi ! je coucherai ici.

YVONNE : Avec moi ? Ah ! non !

LUCIEN, *de même* : Oui, eh ! bien ! tu coucheras où tu voudras, mais c'est le lit conjugal, et j'y ai droit !

YVONNE : Soit ! Mais tu sais ; si tu espères quoi que ce soit... tu te mets le doigt dans l'œil.

LUCIEN, *avec un haussement d'épaules* : Ah ! là ! est-ce que je te demande quelque chose !

Il remonte au-dessus du lit sur le bord duquel il s'assied, et, dos au public, se met en devoir de retirer ses chaussures.

YVONNE, *tout en arrangeant ses couvertures* : Oui, eh ! bien ! ça se trouve bien !

LUCIEN, *brusquement à Annette qui dort debout contre le chambranle de la porte de gauche* : Eh ! bien, allez vous coucher, vous !

ANNETTE, *avec des airs de victime* : Oui, moussié !

LUCIEN : Allez, la Joconde ! allez !

ANNETTE : Quelle boîte !

Elle sort en haussant les épaules.

YVONNE : Ah ! non, ce serait trop raide que tu ailles t'exciter sur une autre et que ce soit moi après ça !... Ah ! non !... Je ne joue pas les doublures, moi !

LUCIEN, *excédé* : Ah ! je t'en prie, hein ? tu me diras ça demain ; je suis fatigué.

YVONNE, *s'enfonçant sous les couvertures et dos à Lucien* : Oh ! tu as raison ! au lieu de discuter, je ferais mieux de dormir.

LUCIEN : Eh ! bien ! c'est ça ! dors !

YVONNE, *après un temps, se mettant à demi sur son séant et par-dessus son épaule* : C'est égal ! Je ne suis pas fâchée que la bonne t'ait rivé ton clou.

LUCIEN, *se dressant, furieux, et de sa pantoufle qu'il tient à la main, désignant la porte du fond*: Écoute!... tu veux que je m'en aille?

YVONNE, *la tête sur l'oreiller et du ton le plus détaché*: Va-t-en si tu veux.

LUCIEN, *exaspéré, arpentant la scène, un pied chaussé d'une pantoufle, l'autre non, ce qui lui donne une démarche boitillante*: Oh! Oh! Oh!... *(Revenant au pied du lit:)* D'abord, qu'est-ce qu'elle sait la bonne? *(Sans s'asseoir et tout en chaussant sa pantoufle:)* Il est évident que si elle n'a comme point de comparaison que sa poitrine à elle, je t'accorde qu'entre les deux!...

YVONNE, *bondissant sur son séant*: Ah! il te faut l'avis de gens plus compétents? C'est bien! Demain nous avons le chef de rayon de la parfumerie des Galeries Lafayette et M. Godot à dîner: je la leur montrerai, ma gorge! et ils donneront leur avis.

LUCIEN, *scandalisé*: Non, mais tu es folle?

YVONNE: Pourquoi donc? Tu dis toi-même que ce n'est pas inconvenant.

LUCIEN, *avec force*: Ce n'est pas inconvenant, quand on est toute nue!

YVONNE, *du tac au tac*: Eh bien! je me mettrai toute nue!

LUCIEN, *abasourdi*: Elle est folle! Elle est complètement folle!

YVONNE, *entre chair et cuir*[1], *tout en se retournant sous ses couvertures*: Ah! je les ai en portemanteau! eh! bien! c'est ce que nous verrons!

LUCIEN, *allant jusqu'au pied du lit et les mains jointes*: Ah! non, grâce! grâce! tu m'abrutis avec tes lardons[2] continuels!

1. Pester entre cuir et chair signifie être mécontent sans oser le dire.

2. Railleries.

Il remonte entre la porte du fond et le secrétaire.

YVONNE, *se soulevant à demi et sur un ton dédaigneux*: Eh ! ben !... couche-toi ! qu'est-ce que tu attends ?... Tu ne comptes pas rester en Roi-Soleil toute la nuit ?

LUCIEN, *d'une voix éteinte, tout en se donnant des petits coups du bout des doigts dans le creux de l'estomac*: Non.

YVONNE, *le considérant avec pitié et sur un ton obsédé*: Qu'est-ce que tu as encore ?

LUCIEN, *l'air misérable*: J'ai mal à l'estomac.

YVONNE : Allons bon ! Voilà autre chose !

Elle rejette ses couvertures et saute hors du lit.

LUCIEN : Je voudrais qu'Annette me fasse de la camomille.

YVONNE, *tout en passant ses pantoufles*: C'est bon ! on va t'en faire de la camomille !

En ce disant elle se dirige vers la porte de gauche.

LUCIEN, *s'interposant*: Mais qui est-ce qui te demande de te lever ?... Je peux faire ma commission moi-même.

YVONNE, *le repoussant*: Oh ! non, non !... *(Revenant sur lui :)* Je ne veux pas que tu puisses dire que je te laisserais crever !... Non !... Je connais mes devoirs !... et je les remplis !... Moi !

LUCIEN, *sur le même ton qu'Yvonne :* Bon ! Parfait ! c'est très bien !

Il va s'asseoir sur la banquette.

YVONNE, *allant à la porte de gauche et appelant*: Annette !

VOIX EXCÉDÉE D'ANNETTE : Oh !

YVONNE : Annette, levez-vous !

VOIX D'ANNETTE : Hein ! Encore !

YVONNE : Quoi « encore » ? Oui « encore » ! Qu'est-ce que ça veut dire ça, « encore » ?... Et faites de la camomille à monsieur !...

Elle va à la cheminée et, prenant la boîte d'allumettes, en frotte une pour allumer la veilleuse-réchaud : pendant ce temps, on entend la voix d'Annette qui ronchonne dans la coulisse.

LUCIEN, *après un moment et sur son ton de ricane* : Ah non ! ce que tu peux embêter cette fille !

YVONNE, *la boîte d'allumettes dans une main, une allumette dans l'autre, se retournant à la remarque de Lucien* : Quoi ?... oh, par exemple, ça c'est un comble ! C'est moi qui l'embête ! *(Allant à Lucien et dans son nez.)* Dis donc !... Est-ce que c'est pour moi la camomille ? hein ? est-ce que c'est pour moi ?

LUCIEN, *presque crié* : C'est mon souper qui n'a pas passé !

YVONNE, *sur le même diapason que Lucien* : Mais oui ! c'est toujours la même chose ! *(Retournant à la cheminée faire sa petite cuisine, allumer la veilleuse et verser de l'eau de la carafe dans le récipient.)* Voilà ce qu'on nous rapporte à nous : les indigestions de ses ripailles extérieures !... On ne trouve pas sa femme suffisante pour ses distractions, mais on la trouve assez bonne pour vous servir de garde-malade !

LUCIEN, *qui n'a pas écouté un mot de toute cette diatribe, uniquement préoccupé qu'il est de son mal d'estomac contre lequel il lutte en se donnant des petits coups du bout des doigts au creux du sternum — après s'être levé, arrivant dans le dos d'Yvonne*: Dis donc, ma chérie ?

YVONNE, *sèchement, sans se retourner*: Quoi ?

LUCIEN, *lamentable*: Elle sera bientôt prête, la camomille ?

YVONNE: Bien quoi ! laisse le temps !... faut que ça bouille !... tu le sais bien.

LUCIEN, *résigné*: Oui... *(Un temps. Il a un hoquet, puis sur un ton douloureux.)* Ah !

YVONNE, *se retournant à demi*: Quoi ?

LUCIEN, *se penchant sur elle et sur un ton dolent*: J'aimerais vomir !

YVONNE, *le repoussant brusquement et passant*: Ah ! non ! non ! tu ne vas pas vomir ! Je ne t'ai pas épousé pour ça !

LUCIEN: Mais non, voyons. Je dis « j'aimerais », je n'ai pas dit « je vais ». Tu sais très bien que je ne peux jamais.

YVONNE, *avec mépris*: Oh ! oui, je sais !... Pitié !

Elle regagne son lit dans lequel elle grimpe.

ANNETTE, *apportant un paquet de camomille et un sucrier. Elle a passé une camisole*[1] *blanche et mis ses bas qui retombent sur ses chevilles. Tout en mettant les têtes de camomille dans l'eau qui chauffe, sur un ton boudeur*: Faut pas encore autre chose pendant qu'on est là ?

YVONNE, *dans son lit, tout en arrangeant ses couvertures sur soi*: Demandez à monsieur, Annette ! C'est monsieur qui est malade !

LUCIEN, *sur un ton épuisé*: J'ai mal à l'estomac.

ANNETTE, *même jeu, sans se retourner*: Aussi, si moussié n'était pas allé faire le bôlichinelle dehors !...

1. Sorte de chemise.

LUCIEN, *s'emballant*: Ah! non! non! vous n'allez pas aussi vous mettre de la partie, vous, hein?

ANNETTE, *d'un air détaché*: Oh! moi, che dis ça!

LUCIEN: Oui! eh! bien... allez vous coucher!

ANNETTE, *ne se le faisant pas dire deux fois*: Oh! ça, che veux pien!

LUCIEN, *à Yvonne*: Ah! non?...

ANNETTE, *croyant que c'est à elle qu'il parle*: Ah! si!

LUCIEN, *furieux*: Je parle à madame!

ANNETTE: Ah!

Elle sort.

LUCIEN: Ah! non!... Si les domestiques s'en mêlent à présent!

YVONNE, *avec un sourire pincé*: Je ne vois pas pourquoi tu l'attrapes, cette fille. Elle a raison; si tu n'avais pas été souper!...

LUCIEN: C'est possible! Mais ça ne la regarde pas! s'il faut aussi que je lui rende des comptes!... *(Il s'assied sur la banquette.)* J'ai été souper parce que j'avais faim, là!... et puis parce que j'étais avec M. Godot et les deux frères Espink qui ont proposé d'aller manger un morceau: est-ce un crime?

YVONNE: Non, c'est pas un crime! Évidemment, c'est pas un crime! mais c'est idiot de manger jusqu'à se donner une indigestion! Ce besoin de souper!... *(Un long temps silencieux, puis sur un ton glacial et dédaigneux:)* Qu'est-ce qu'a payé?

LUCIEN, *avec un haussement d'épaules*: Personne!

YVONNE: Comment «personne»?

LUCIEN: Enfin, tout le monde; chacun son écot.

YVONNE: Ça m'étonne que ce ne soit pas toi! avec ta manie d'ostentation!

LUCIEN : Moi ?

YVONNE : Absolument ! tu es rat dans ton ménage ! Mais, du moment qu'il y a des étrangers, alors la folie des grandeurs !...

LUCIEN, *se levant et gagnant le fond dans un mouvement arrondi* : Moi ! moi ! j'ai la folie des grandeurs ? C'est admirable ! j'ai la folie des grandeurs !

YVONNE, *parlant sur sa réplique* : Mais il n'y a qu'à te voir ! Il n'y a qu'à te voir ! en quoi te déguises-tu ? En Roi-Soleil ! Je te demande un peu ! te mettre en Roi-Soleil... par un temps de pluie ! C'est ridicule !

LUCIEN, *il s'assied sur la chaise qui est à côté du secrétaire* : Ah ! tiens, c'est toi qui es folle !

YVONNE, *ne lâchant pas prise* : Seulement, voilà ! ça te flattait de te pavaner en Louis XV !

LUCIEN, *jette un regard de raillerie dédaigneuse sur elle, hausse les épaules, puis sur un ton détaché* : Quatorze !

YVONNE : Quoi, « quatorze » ?

LUCIEN : Le Roi-Soleil, c'était Louis XIV.

YVONNE, *interloquée* : Ah !... *(Se montant.)* Eh ! bien ! soit ! Louis XIV ! *(Brusquement.)* Ah ! C'est bien toi, ça ! tu vas me chicaner pour un Louis[1] et, quand il s'agit de ton plaisir, tu n'y regardes pas.

LUCIEN, *se levant et tout en gagnant par un mouvement en demi-cercle la banquette sur laquelle il s'assied* : Oh ! exquis ! charmant ! délicieux !

YVONNE, *après un temps et sur ce même ton glacial* : Qu'est-ce que tu as dépensé pour ton souper ?

LUCIEN, *avec un geste d'impatience* : Est-ce que je sais !

---

1. Le louis d'or est une monnaie encore utilisée à l'époque de Feydeau. Il s'agit d'un jeu de mots entre les rois Louis et les louis d'or.

YVONNE, *a un sursaut des épaules, puis se mettant à genoux sur le lit*: Tu ne sais même pas ce que tu as dépensé !

LUCIEN, *lève les yeux au ciel, puis sur un ton obsédé*: Onze francs soixante-quinze[1], là !

YVONNE, *se dressant sur les genoux de toute sa hauteur et les mains agrippées à la barre du pied du lit, scandant chaque syllabe*: Onze francs soixante-quinze, pour de la boustifaille !... Voilà ! Qu'est-ce que je te disais ! *(Changeant de ton :)* L'autre jour...

LUCIEN, *sentant que la scène va s'engager sur un nouveau terrain, agite nerveusement la tête avec les yeux au ciel et au mouvement de ses lèvres on comprend le mot qu'il ne prononce pas*: Oh ! m... !

Il quitte sa place et remonte au fond.

YVONNE, *qui ne lâche pas prise, tout en sautant à bas du lit, entre les dents*: Quel mufle ! *(Elle a couru rejoindre Lucien au fond, et le faisant pivoter par le bras de façon à le tourner face à elle.)* L'autre jour quand j'ai eu le malheur d'acheter un flacon de Rose-Coty[2], tu m'as dit que je te ruinais ; et toi tu dépenses *(Scandé :)* onze francs soixante-quinze pour ton souper ! Mais moi, au moins, mon flacon je l'ai ! ma Rose-Coty, j'en profite ! tandis que toi, ton souper, où est-il maintenant ?

LUCIEN, *avec rage, en se frappant le creux de l'estomac*: Mais là ! là !

YVONNE, *le lâchant pour retourner à son lit et regrimper dedans*: Ah ! « là ! là ! » Tu es bien avancé ! Comme si tu n'aurais pas mieux fait de les mettre de côté, ces onze francs soixante-quinze !... pour payer le tapissier, tiens !

---

1. Environ trois cents euros.
2. Parfum.

LUCIEN, *qui s'est assis pendant ce qui précède, sur la chaise à côté du secrétaire*: Je lui dois huit cents francs; tu ne me vois pas lui offrant onze francs soixante-quinze!

YVONNE: Au moins, tu lui aurais prouvé ta bonne volonté! Si je te parle de lui, c'est qu'il est venu aujourd'hui.

LUCIEN, *dressant l'oreille*: Ah?

YVONNE: Et il a déclaré qu'il en avait assez d'être lanterné... et que si tu ne lui versais pas un fort acompte, eh! bien! il était décidé à t'envoyer du papier timbré[1]; et ça aux Galeries Lafayette! Tu vois comme ça fera bon effet.

LUCIEN, *se levant et descendant en scène*: Il a dit ça?

YVONNE: Oui.

LUCIEN: Ah! Il fait du chantage! *(Dans la direction de la porte du fond comme s'il parlait au tapissier.)* C'est bien, monsieur!... *(À Yvonne.)* Je comptais lui faire un versement...

YVONNE, *implacable*: Quand?

LUCIEN, *interloqué*: Euh!... quand j'aurais pu! mais puisque c'est comme ça! il peut se brosser.

YVONNE, *martelant chaque syllabe et les mains au ciel*: Et tu vas dépenser onze francs soixante-quinze à ton souper!

LUCIEN, *qui est remonté au-dessus du lit, sortant de ses gonds*: Ah! non, toi, fous-moi la paix avec mon souper!

YVONNE, *ne lâchant pas prise*: Non, vrai, à ta place, je l'aurais sur l'estomac!

LUCIEN, *dans le nez de sa femme*: Mais je l'ai nom de D...! Je l'ai!

YVONNE, *criant aussi fort que lui*: Ah, et puis ne crie pas comme ça! C'est vrai, ça! Voilà une heure que tu m'éreintes avec tes discussions!

---

1. Menace d'huissier.

LUCIEN, *descendant en scène*: Ah! non, ça c'est le bouquet! C'est moi qui discute! c'est moi qui l'éreinte!

YVONNE: Tu ne veux pas dormir, non?

LUCIEN, *revenant au-dessus du lit*: Oh! si, dormir! dormir! je tombe de sommeil!

YVONNE, *lui tournant le dos et s'enfonçant sous les couvertures*: Eh bien! moi aussi! bonsoir!

LUCIEN, *sur le même ton*: Bonsoir!

YVONNE: Et flûte!

LUCIEN, *s'asseyant sur le pied du lit*: Et flûte!

YVONNE, *à Lucien qui, en s'asseyant sur le lit, s'est en même temps assis sur sa cheville, lui envoyant un coup de pied à travers la couverture*: Mon pied, voyons!

LUCIEN, *furieux*: Eh! ton pied, voyons! *(Posant son pied gauche sur la barre du lit afin d'avoir son genou à la hauteur de sa main pour défaire la jarretière de sa culotte.)* Ah! se coucher! *(Il dénoue la jarretière, puis.)* On ne me ferait pas sortir pour un boulet de canon!

Un temps. Soudain un coup de timbre[1] *dans le vestibule. Un instant, Lucien et Yvonne demeurent sur place comme médusés. — Nouveau coup de timbre. — Yvonne soulève lentement la tête et se mettant sur son séant regarde Lucien avec anxiété. Lucien, lui, retire lentement sa jambe de la barre du lit et se contournant complètement à gauche, jette un regard interrogateur à Yvonne.*

YVONNE, *après ce jeu de scène, d'une voix étranglée*: Qu'est-ce que c'est que ça?

---

1. Coup de sonnette.

LUCIEN, *de la même voix étranglée*: Je ne sais pas! C'est la porte d'entrée.

Nouveau coup de timbre qui les fait sursauter.

YVONNE, *bondissant sur son séant*: Ah! mon Dieu!

LUCIEN: Ça ne doit pas être une visite.

YVONNE: Pour qu'on sonne à cette heure-ci, ça ne peut-être que quelque chose de grave.

LUCIEN, *affolé*: Oui.

Nouveau coup de timbre.

YVONNE, *sautant hors du lit et tout en enfilant ses pantoufles*: Encore! Ah! Lucien, j'ai peur...

Elle saisit son peignoir au pied du lit.

LUCIEN, *aussi troublé qu'elle*: Allons, allons! de l'énergie, que diable! Il ne faut pas se laisser abattre.

YVONNE, *affolée, allant de droite et de gauche, comme quelqu'un qui ne sait pas ce qu'il cherche*: Ah! tu en parles à ton aise! toi, tu es un homme, mais moi!... *(Sonneries.)* Oh!

LUCIEN, *tournant en retournant sur place*: Quelle tuile encore? Quelle tuile?

YVONNE: Mais où est-il, enfin? où est-il?

LUCIEN: Qui?

YVONNE, *agitant de grands bras*: Mais mon peignoir! Où ai-je fourré mon peignoir?

LUCIEN: Mais tu le tiens à la main!

YVONNE: Ah! oui!

Nouvelles sonneries répétées.

TOUS DEUX: Oh!

YVONNE, *esquissant le geste de passer son peignoir*: Ah! cette sonnerie me rendra folle!...

LUCIEN, *indiquant la chambre de gauche*: Et l'autre, là, Annette! qui ne bouge pas!

Il court à la chambre.

YVONNE, *renonçant à passer son peignoir et courant rejoindre Lucien*: Oh! cette fille!

TOUS LES DEUX, *sur le pas de la porte, lui au-dessus, elle côté public*: Annette! Annette!

VOIX D'ANNETTE: Hoon!

YVONNE: Vite, levez-vous!

VOIX D'ANNETTE: Hein! encore!

Nouvelle sonnerie.

YVONNE: Mais dépêchez-vous donc, voyons!

LUCIEN: Vous n'entendez pas qu'on sonne?

VOIX LARMOYANTE D'ANNETTE: Ah! non, non, on veut me faire grever.

YVONNE, *gagnant au-dessus de la banquette*: Pourvu qu'il ne soit pas arrivé quelque chose dans la famille!

LUCIEN, *près de la cheminée*: Mais non, voyons! Tu finiras par nous donner le trac.

YVONNE, *déposant vivement son peignoir sur le lit et saisissant la banquette sur laquelle elle tape en parlant*: Ah! touche du bois! touche du bois!

LUCIEN: Tu comprends bien que si vraiment...

YVONNE: Touche du bois, je te dis!

LUCIEN, *ahuri*: Oui! Tu comprends bien que si...

YVONNE: Mais touche donc du bois, voyons!

LUCIEN: Oui!

Sans savoir ce qu'il fait, il touche trois fois le marbre de la cheminée qui est à portée de sa main.

YVONNE : Mais pas ça, voyons, c'est du marbre !

LUCIEN : Ah ! tu m'ahuris !

Il va toucher le secrétaire.

YVONNE : Avec la paume ! avec la paume !

LUCIEN, *obéissant machinalement* : Avec la paume.

YVONNE : Ah ! tu seras cause d'un malheur ! *(Nouvelle sonnerie prolongée. Yvonne bondissant vers la porte de gauche.)* Mais qu'est-ce qu'elle fait, cette Annette ?

LUCIEN, *y allant également* : Ah ! ça, allez-vous vous grouiller ?

Au moment où Annette paraît, ils la saisissent chacun par un bras et la poussent devant eux.

ANNETTE, *revenant sur eux et chaque fois repoussée par Lucien et Yvonne dans la direction de la porte du fond, ce qui la fait en quelque sorte tourner comme un toton*[1]. *Avec les pleurs de rage dans la voix* : Oh ! non, ch'en ai assez moi ! Matame me paiera mon livre[2], che veux m'en aller.

TOUS DEUX, *à bout de patience* : Oui, oui ! ça va bien ! allez ! allez !

ANNETTE : Je ne veux pas grever à la peine.

Sonnerie.

---

1. Toupie.
2. Livre où les domestiques inscrivaient ce que leur devaient leurs maîtres.

LUCIEN : Voulez-vous aller ouvrir ! espèce de tête carrée.

YVONNE : Mais allez donc ! mais allez donc !

ANNETTE, *poussée dans le vestibule* : Oui, mais on paiera mon livre !

LUCIEN : Oh ! cette bonne ! cette bonne !

Tout ceci les uns sur les autres

Annette est hors de scène. Lucien est à la droite de la porte du fond et Yvonne à gauche.

ANNETTE, *dans le vestibule* : Qui c'est-y qu'c'est qu'est là ?

VOIX DU VALET DE CHAMBRE, *au lointain* : Joseph ! le nouveau valet de chambre de la mère de madame.

YVONNE, *d'une voix stridente* : De maman ! Il est arrivé quelque chose à maman ! Il est arrivé quelque chose à maman !

LUCIEN : Mais ne crie donc pas comme ça, toi ! Ne crie donc pas comme ça !

Pendant cet échange de dialogue, bruit de chaîne de sûreté et de porte qu'on ouvre.

Scène 3

LES MÊMES, JOSEPH

À peine Joseph a-t-il paru qu'Yvonne le happe à son entrée et descend avec lui jusqu'à l'avant-scène. Joseph est en pantalon et gilet d'habit avec son veston d'après-midi et un cache-nez de laine autour du cou ; il tient son chapeau melon à la main. Annette, peu après cette entrée, le temps de refermer la porte du vestibule, reparaîtra en scène et descendra près de la cheminée.

YVONNE, *avant qu'il n'ait le temps de parler*: Qu'est-ce qui est arrivé à Maman ? Qu'est-ce qui est arrivé à Maman ?

JOSEPH, *très embarrassé et la tête basse*: Mon Dieu, madame… *(Dans sa gêne, il détourne la tête du côté de Lucien qu'il n'a pas eu le temps de voir à son entrée. Son regard tombe ainsi sur les jambes de Lucien, remonte étonné le long du corps de Lucien, puis, ne pouvant réprimer un cri de surprise à la vue de cet homme en Louis XIV.)* Ah !

LUCIEN, *jetant instinctivement un regard sur son propre costume*: Quoi ? Qu'est-ce qu'il y a ? Eh ! répondez, voyons, au lieu de regarder mon costume ! Il n'a rien d'extraordinaire.

YVONNE, *à Joseph*: Un accident ?

JOSEPH, *la tête basse, tout en faisant tourner machinalement son chapeau entre ses mains, vivement*: Oh ! non…

YVONNE, *respirant*: Ah !

LUCIEN : Là, tu vois, pas d'accident !

JOSEPH, *même jeu, mais hésitant*: Seulement… elle ne va pas bien…

YVONNE, *avec angoisse*: Maman ne va pas bien ? Quoi ? Qu'est-ce qu'elle a ?

JOSEPH, *même jeu*: Ben… elle est malade.

YVONNE, *osant à peine questionner*: Oh ! mon Dieu !… Très ?…

JOSEPH, *même jeu*: Ben… plutôt.

YVONNE, *passant pour se réfugier dans les bras de Lucien*: Lucien !… Lucien !… Maman est malade.

LUCIEN : Allons, voyons !

YVONNE : Maman est très malade !

LUCIEN : Voyons ! voyons !

JOSEPH, *même jeu*: Et, quand je dis très malade, c'est

une façon de parler ; parce que, à vrai dire, elle est plutôt... elle est plutôt...

YVONNE, *la gorge serrée* : Quoi, quoi ? Qu'est-ce qu'elle est plutôt ?...

JOSEPH : Elle est plutôt... *(Relevant la tête et très piqué :)* morte !

TOUS : Ah !

Yvonne est tombée raide, rattrapée au vol par Lucien.

LUCIEN, *tout en s'asseyant rapidement par terre, Yvonne évanouie dans ses bras* : Ah ! voilà ce que je craignais !

JOSEPH, *une fois ce jeu de scène achevé* : Seulement... on m'a recommandé de préparer doucement madame pour ne pas la révolutionner. *(À part, avec un long soupir de soulagement.)* Ouf !

LUCIEN : Quelle catastrophe ! Au moment où on allait se coucher !

ANNETTE, *toute sens dessus dessous* : Mâtâme ! Mâtâme !

LUCIEN : Ah ! Vous aviez bien besoin de venir nous annoncer ça, vous ?

JOSEPH : Mais monsieur, on m'a dit...

LUCIEN : Ah ! « on vous a dit ! on vous a dit !... » C'est bien, aidez-moi.

JOSEPH : Oui, monsieur.

Il pose son chapeau sur le secrétaire, puis se met à genoux derrière Yvonne que Lucien lui passe pour redescendre un peu entre Yvonne et la banquette.

ANNETTE, *près de la cheminée* : Mon Tié ! Mon Tié !

LUCIEN, *enjambant Yvonne pour aller à Annette qu'il pousse vers la porte de gauche* : Et vous, allez donc chercher du vinaigre, des sels, au lieu de crier : « Mon Tié ! Mon Tié ! » ce qui ne sert à rien !

ANNETTE : Oui, moussié ! *(En sortant :)* Ach ! Gott ! Gott ! lieber Gott[1] !

JOSEPH, *qui pendant ce temps-là, pour soutenir Yvonne évanouie, lui a passé les avant-bras sous les aisselles et a les mains appliquées contre sa poitrine tenant pour ainsi dire chacun de ses seins empoignés* : On porte madame... sur le lit !

Pour dire « sur le lit », il martèle chaque syllabe d'une secousse des poignets dans la direction du lit, ce qui secoue autant de fois la poitrine d'Yvonne.

LUCIEN, *revenant à Joseph* : Hein ? oui... *(Apercevant le manège de Joseph et se précipitant vers lui.)* Mais qu'est-ce que vous faites-là, vous ?

JOSEPH, *qui tient toujours Yvonne à pleines mains, la secouant légèrement* : Mais je la tiens.

LUCIEN, *cherchant à écarter Joseph pour prendre sa place* : Mais en voilà une façon de la tenir !... Vous ne voyez pas qu'elle n'a pas de corset ?

JOSEPH, *sans lâcher prise* : Oh ! si monsieur croit que je pense à des choses !

LUCIEN, *à genoux à gauche d'Yvonne et même jeu* : Je me fiche que vous pensiez ou ne pensiez pas !... Je vous dis de lâcher ça !... *(Il repousse Joseph au-dessus de lui et passe, toujours à genoux, à la droite d'Yvonne.)* Et, tenez, voyez donc si ce n'est pas de l'éther, la bouteille, là près du lit !

JOSEPH, *courant chercher au-dessus du lit* : Oui, monsieur ! Oui !

LUCIEN, *maugréant* : Cette façon de peloter ma femme.

---

1. En allemand, mon Dieu, mon Dieu !

(Voyant Joseph au-dessus du lit.) Mais pas là ! sur la table, voyons ! près du lit.

JOSEPH : Oui, monsieur, oui !

Il saute par-dessus le lit à la force des bras pour passer de l'autre côté.

LUCIEN : Aïe donc, les draps ! Allez donc, les draps !

JOSEPH, *qui a débouché le flacon et senti le contenu* : C'en est, monsieur.

LUCIEN : Bien, donnez ! *(Joseph court le lui apporter.)* Yvonne ! mon Yvonne ! Yvonne !... *(À Joseph.)* Un linge, maintenant ! Trouvez-moi un linge pour lui tamponner le front.

JOSEPH, *ne sachant où donner de la tête et tournant sur place, à droite, à gauche, comme une girouette* : Un linge ? Où y a-t-il un linge ?

LUCIEN, *tout en débouchant le flacon entre ses dents* : Je ne sais pas, mon ami ! Si je le savais, je ne vous le demanderais pas ! Cherchez !

JOSEPH, *apercevant de loin la chemise de jour*[1] *d'Yvonne sur le siège à gauche de la scène et pour y courir enjambant carrément les jambes d'Yvonne* : Ah ! ça ! *(Prenant la chemise :)* Ça peut-il faire l'affaire ?

LUCIEN, *qui, pendant ce jeu de scène de Joseph a continué à secouer doucement sa femme avec des « Yvonne ! mon Yvonne ! »* : Je ne sais pas, mon ami ! Qu'est-ce que c'est ?

JOSEPH, *apportant la chemise à Lucien* : Ça a l'air d'une chemise de jour.

LUCIEN, *le bouchon toujours entre les dents* : Qu'est-ce que vous voulez, faute de mieux !... Allez, mettez-vous à

1. Sous-vêtement.

genoux ! *(Joseph obéit.)* Roulez ça en tampon ! En tampon, vous ne savez pas ce que c'est ?

JOSEPH : Si, monsieur !

Il roule la chemise en tampon.

LUCIEN : C'est bien, donnez ! *(Tendant la bouteille d'éther à Joseph.)* Prenez ça ! ça ! *(Joseph, à genoux de l'autre côté d'Yvonne, prend la bouteille des mains de Lucien et lui passe la chemise de jour. — Lucien, le bouchon toujours entre les dents.)* Le bouchon ! Le bouchon ! *(Joseph cherche des yeux le bouchon par terre.)* Là ! là ! dans mes dents ! *(Joseph lui retire le bouchon des lèvres.)* Bon ! de l'éther ! de l'éther ! *(Il présente le tampon à Joseph qui l'imbibe d'éther, après quoi tout en tapotant avec le visage de sa femme :)* Yvonne ! mon Yvonne ! *(À Joseph, tout en lui retendant le tampon pour qu'il y verse un peu d'éther.)* Ah ! franchement vous savez, vous !... *(À sa femme évanouie.)* Yvonne, mon Yvonne ! *(À Joseph.)* Vous auriez bien pu attendre jusqu'à demain matin pour venir nous annoncer des nouvelles pareilles !

JOSEPH : Si monsieur croit que c'est pour mon plaisir !

LUCIEN : Non, mais c'est peut-être pour le nôtre ! *(À Yvonne.)* Yvonne, ma chérie ! *(À Joseph.)* Je vous demande un peu ce qui pressait ?... Évidemment, ma pauvre belle-mère, c'est très malheureux ! Mais quoi ? D'ici demain matin... elle ne se serait pas envolée !... et au moins, madame n'aurait pas eu sa nuit troublée !... *(Un demi-ton plus bas :)* ni moi non plus !

JOSEPH : Je suis désolé, monsieur ! la prochaine fois je saurai.

ANNETTE, *accourant avec une de ces salières communes à double coquille et tige en gros verre côtelé, et, passant devant Joseph, allant la présenter devant le nez de Lucien :* Voilà, moussié !

LUCIEN, *relevant la tête, regarde la salière, regarde Annette, regarde la salière, puis*: Qu'est-ce que c'est que ça ?

ANNETTE : C'est la salière.

LUCIEN : Qu'est-ce que vous voulez que j'en fasse ?

ANNETTE : C'est moussié qui m'a temanté ti sel.

LUCIEN : Des sels[1], bougre de moule ! pas du sel ! Vous ne pensez pas que je vais saler madame.

ANNETTE : Est-ce que che sais, moi ! ché suis bas médecin.

Elle va poser sa salière sur la cheminée.

LUCIEN, *voyant Yvonne qui revient à elle* : C'est bien ! voilà madame qui rouvre les yeux ! Tenez écartez-vous ! et emportez ça. *(Il rend vivement la chemise de jour à Joseph qui se relève aussitôt et va se mettre près d'Annette au-dessus de la cheminée. Machinalement, pendant ce qui suit, sans que le public s'en aperçoive, il mettra dans la poche droite de son veston la chemise qu'on vient de lui rendre. Lucien se glisse dans le dos d'Yvonne et s'assied contre elle par terre, les jambes parallèlement à la rampe, les pieds émergeant à droite d'Yvonne, le corps à gauche.)* Yvonne ! mon Yvonne !

YVONNE, *regarde à droite et à gauche comme quelqu'un qui reprend ses sens, puis* : Qu'est-ce qu'il y a eu donc ?

LUCIEN : Mais rien, mon chéri ! Rien du tout.

YVONNE : Alors, pourquoi suis-je par terre ? *(À ce moment son regard tombe sur Joseph.)* Ah !... ah ! oui... oh ! maman ! ma pauvre maman !

Elle éclate en sanglots sur la poitrine de Lucien.

1. Composés d'acides dont la forte odeur était utilisée pour ranimer une personne évanouie.

LUCIEN, *la tenant dans ses bras, et la secouant doucement comme un bébé qu'on veut consoler*: Là ! là ! Allons, voyons !... Allons !... Allons !... Allons, voyons donc ! Sapristi de sapristi !... Allons, allons ! Allons, voyons donc ! Allons ! Voyons !... Allons, voyons ! Allons, allons !

ANNETTE : Ach Gott ! Gott !

LUCIEN : Allons ! Un peu de courage, que diable ! Tout espoir n'est peut-être pas perdu !

YVONNE, *sanglotant et presque avec rage* : Mais qu'est-ce qui peut arriver de plus puisqu'elle est morte ?

LUCIEN : Eh ! bien ! justement, là ! justement ! le plus terrible est passé ! Il faut se faire une raison, que diable ! se dire que pour ceux qui s'en vont c'est la délivrance !... Songe combien ta pauvre maman souffrait de ses rhumatismes !

YVONNE, *avec des sanglots dans la voix* : Ma pauvre maman !

LUCIEN, *d'une voix tristement câline* : Eh ! ben, oui ! Eh ! ben, oui ! Eh ! bien, maintenant elle ne souffre plus ! et tandis que nous sommes là à la pleurer... *(avec un fond de rancune :)* debout ! Elle repose elle !... Elle est bien heureuse !

YVONNE, *avec un dodelinement triste de la tête* : Qu'est-ce qui aurait dit qu'elle s'en irait si vite !

LUCIEN, *avec un soupir* : Ah ! oui !... Quand tout à l'heure je me demandais comment je paierais le tapissier, je ne me doutais pas !... Enfin !...

YVONNE, *sanglotant* : Ma pauvre maman !

LUCIEN : Ah ! oui... ta pauvre, brave et digne et sainte femme de mère ! *(À part.)* Ce que j'ai mal aux reins ! *(Tout en parlant, fatigué qu'il est de sa position, il s'est mis d'abord sur les genoux, puis cambre en arrière ses reins qui lui font mal, regarde à droite et à gauche s'il n'a pas un siège à lui avancer, puis sur un ton câlin :)* Dis donc, mon Yvonne.

YVONNE : Quoi ?

LUCIEN : Tu ne veux pas t'asseoir, ma chérie ?

YVONNE, *brusquement, avec éclat, ce qui fait sursauter Lucien* : Eh ! non quoi ! « m'asseoir ! m'asseoir ! » Quelle importance ça a-t-il que je sois sur une chaise ou par terre ?

LUCIEN, *vivement* : Oui, oui ! Bon, bon !

Il va s'asseoir sur la banquette.

YVONNE, *lyrique dans sa douleur* : Ah ! c'est sous terre que je voudrais être !

ANNETTE, *près de la cheminée, douloureusement, entre chair et cuir* : Oh ! ça vous grève le cœur !

YVONNE, *qui depuis un moment, le corps rejeté un peu en arrière et appuyée sur les bras, les paumes des mains par terre, fait des grimaces de la bouche, comme quelqu'un qui a de l'empois*[1] *sur la figure, le tout haché de sanglots. À Lucien* : Ah ! ça ?… Mais qu'est-ce que vous m'avez mis sur la figure qui me colle ?

LUCIEN : Rien, ma chérie ! c'est de l'éther.

YVONNE : Quel éther ?

JOSEPH, *indiquant la table de nuit* : … Qui était dans la bouteille.

YVONNE : Mais, c'est stupide ! C'est du sirop d'éther[2] ! En voilà une idée.

JOSEPH ET LUCIEN : Du sirop !

JOSEPH, *qui a tiré le flacon de sa poche, après avoir jeté un coup d'œil sur l'étiquette* : Oh ! J'avais pas lu l'étiquette ! Je m'étais contenté de sentir.

Il remet le flacon à Annette qui le pose sur la cheminée.

1. Amidon pour empeser le linge.
2. Sirop mélangé avec de l'éther utilisé comme calmant.

LUCIEN : Ah vous êtes malin, mon garçon ! vous êtes malin !

YVONNE, *lyrique* : D'ailleurs que m'importe ! quand on a le… *(Grimace.)* cœur… *(Grimace, puis à Annette.)* Vous me préparerez simplement un peu d'eau, Annette, que je me débarbouille.

ANNETTE : Oui, mâtâme.

Elle gagne par le fond vers la porte de droite par laquelle elle sort.

YVONNE, *avec une tendresse douloureuse* : La pauvre chère femme ? Te souviens-tu comme elle était bonne ?

LUCIEN, *distrait, a un hochement de tête approbatif, puis* : Qui ?

YVONNE, *lui envoyant une tape de colère sur le mollet* : Mais maman !

LUCIEN : Ah ! oui.

YVONNE : Et pour toi, si pleine d'indulgence ! T'excusant toujours ! Quand on pense que tu la bousculais, que tu la traitais !… Il n'y a pas deux jours encore tu as été jusqu'à l'appeler « chameau ».

LUCIEN, *d'un ton douloureusement suppliant* : Yvonne !

YVONNE, *sur un ton larmoyant* : Comment as-tu pu te laisser aller à l'appeler chameau ?

LUCIEN, *a un geste vague, puis, comme le meilleur argument du monde* : Je ne pensais pas qu'elle mourrait !

YVONNE : Voilà ! C'est ton châtiment aujourd'hui.

LUCIEN, *pivotant sur son séant* : Ah ! Seigneur !

Il reste dos au public pendant ce qui suit, la tête dans la main droite, le coude sur la barre du pied du lit.

YVONNE : Quel remords de penser qu'elle est partie

avec le souvenir de ton manque de respect!... Chameau! Ma sainte mère! *(Sur un ton lent, rythmé et doux, tandis que Lucien, à chaque fin de phrase, a l'air d'approuver d'un hochement de tête, alors qu'en réalité, ce n'est que le résultat du bercement que produit chez lui la musique des paroles d'Yvonne.)* Eh! bien! que ta conscience s'apaise! Je connais mieux que personne quels trésors de miséricorde renfermait le cœur de maman; aussi, je crois être l'interprète de son sentiment dernier en te disant: «Va, Lucien! on te pardonne!...» *(Répétant douloureusement:)* On te pard... *(Ne recevant pas de réponse de Lucien, elle relève la tête de son côté et, constatant qu'il s'est assoupi pendant qu'elle parlait, lui envoyant une vigoureuse tape sur le mollet:)* Tu dors!

LUCIEN, *réveillé en sursaut*: Hein? Moi? Euh!... Ah! Je te demande pardon! un peu de fatigue!...

YVONNE, *indignée*: Fatigué! Maman n'est plus et il est fatigué. *(Se relevant d'un bond et empoignant Lucien qu'elle envoie de l'autre côté donner dans l'estomac de Joseph:)* Allons, debout!

LUCIEN ET JOSEPH, *cognés l'un contre l'autre*: Oh!

YVONNE: Est-ce que nous devrions pas être là-bas?

LUCIEN: Ah! on va?...

YVONNE: Naturellement, on va! tu ne comptes pas que nous allons nous coucher.

LUCIEN, *avec un soupir de résignation tout en jetant un regard vers le lit*: Non!

YVONNE, *écartant brusquement Lucien de son passage pour aller à la chaise gauche de la scène. Tout en soulevant son jupon qui est sur la chaise et l'y reposant*: Ma chemise de jour? où est ma chemise de jour?

En disant le second «ma chemise de jour», elle a écarté Joseph en le repoussant vers la cheminée et est remontée vers la chaise du secrétaire.

LUCIEN, *à Joseph*: Mais je vous l'ai donnée à vous !

JOSEPH : À moi !

LUCIEN : Mais oui !

JOSEPH : Ah ! oui ! *(Tirant la chemise longuement de sa poche :)* Voilà, madame.

YVONNE, *qui est redescendue entre eux, à Joseph :* Comment ! Vous avez ma chemise de jour dans votre poche !

JOSEPH : C'est monsieur qui s'en était servi... pour mettre du sirop sur la figure de madame.

YVONNE, *lui enlevant la chemise des mains d'un geste brusque*: C'est insensé ! ma parole ! *(Se retournant vers Lucien et le voyant immobile, attendant on ne sait quoi :)* Eh ! bien ! dépêche-toi, voyons ! Qu'est-ce que tu attends pour t'habiller ?

LUCIEN : Ah ? Il faut ?

YVONNE, *exaspérée*: Évidemment !... Tu ne comptes pas aller là-bas en Louis XIV ?

LUCIEN : Non.

YVONNE, *à Joseph*: Se mettre en Louis XIV quand on perd sa belle-mère !

JOSEPH, *bien inconsidérément*: C'est rigolo !

YVONNE : Ah ! vous trouvez, vous ?

JOSEPH : Oh ! pardon, non !

LUCIEN, *à Annette qui sort en ce moment du cabinet de toilette*: Ah ! Annette !... donnez-moi mon costume de cheviotte noire, ma cravate noire et des gants noirs.

Annette fait mine d'aller vers la chambre de droite, mais s'arrête aussitôt à la voix d'Yvonne.

YVONNE, *faisant pirouetter son mari face à elle et au comble de l'exaspération*: Ah! non! non!! tu ne vas pas t'habiller comme ça! Tu aurais l'air d'avoir commandé ton deuil d'avance: ça ne se fait pas!

Elle passe et dépose sa chemise de jour sur le pied du lit.

LUCIEN: Tu as raison! *(Allant à Annette qui est près de la porte de gauche:)* Eh bien! le costume que vous voudrez, Annette! mon... mon plus gai!

ANNETTE: Oui, monsieur.

Elle sort.

YVONNE, *tout en maugréant, défaisant les rubans de sa chemise de nuit qu'elle s'apprête à retirer pour passer sa chemise de jour*: Non, c'est vrai ça!

Elle est face au pied du lit, dos par conséquent à Joseph qui fixe ce jeu de scène mais d'un air indifférent et distrait.

LUCIEN, *allant à Joseph*: Quant à vous... *(Arrêté par l'attitude de Joseph, regardant ce qu'il regarde et bondissant aussitôt sur sa femme et lui ramenant sur le cou sa chemise qui déjà dégage son épaule:)* Ah! ça, qu'est-ce que tu fais? Tu perds la tête?

YVONNE, *ahurie par ce bolide qui lui tombe sur les épaules*: Quoi?

LUCIEN: Tu changes de chemise ici, à présent?

YVONNE, *les nerfs à fleur de peau*: Oh! je t'en prie, écoute!

Elle rejette le col de sa chemise en arrière dans le but de sortir son bras.

LUCIEN, *lui remontant à nouveau sa chemise*: Mais pas du tout! Tu ne vas pas te mettre toute nue devant ce domestique!

JOSEPH, *d'un air profondément détaché*: Oh! si c'est pour moi, monsieur!...

LUCIEN, *furieux et dans le nez de Joseph*: Évidemment, c'est pour vous!

YVONNE, *à Joseph avec Lucien entre eux deux*: Non! je perds ma mère et voilà à quoi il regarde: si j'ai une chemise ou si je n'en ai pas!

Elle dégage vers le lit.

LUCIEN, *furieux*: On peut perdre sa mère et être convenable!

YVONNE: Oh! oui, oh! tais-toi, va!! *(Annette, venant de gauche apportant sur son bras le vêtement complet de Lucien, et tenant dans sa main droite les souliers de ce dernier, sur la pointe desquels s'érige son chapeau melon. Au pantalon pendent, attachées aux boutons de derrière, les bretelles de Lucien. — À Annette.)* Allez! venez, Annette! venez m'aider!

Elle sort par la droite en emportant son peignoir et sa chemise de jour.

LUCIEN, *pendant qu'Annette dépose son costume sur la chaise de gauche de la scène, ses bottines par terre et le chapeau sur une des bougies des candélabres de la cheminée*: Oh! mais quelle nuit, mon Dieu! quelle nuit!

JOSEPH: Heureusement, monsieur, que ça n'arrive pas tous les jours!

LUCIEN: Ah! si vous croyez que c'est rigolo, tout ça... *(À Annette.)* Écoutez, ma fille! je ne sais pas à quoi ça tient? on ne voit que vous ici!

ANNETTE, *d'une voix pleurnicharde, tout en s'en allant*: Mais je fais mon serfice, moussié!

LUCIEN: Allez, ma fille! Allez, Oh! *(Tandis qu'Annette sort de droite, à Joseph lui passant son bras droit sur l'épaule droite:)* Voyons, mon ami, vous allez m'aider.

JOSEPH: Oui, monsieur!

LUCIEN: Vous êtes intelligent?

JOSEPH: Oui, monsieur!

LUCIEN: Bon! alors, voilà... euh!... vous... vous allez, euh! *(Joseph remonte.)* Eh! ben! où allez-vous? où allez-vous?

JOSEPH, *ahuri*: Je ne sais pas, monsieur!

LUCIEN: Ah! Vous êtes malin, mon ami! Avec tout ça, je ne sais plus ce que je voulais vous dire! *(Brusquement.)* Ah! oui! *(Il remonte dans la direction du secrétaire; Joseph, empressé, sans d'ailleurs savoir davantage pourquoi, remonte en même temps que lui.)* Quoi, mon ami? Je vais écrire; je n'ai pas besoin de vous!

JOSEPH: Ah! pardon!

LUCIEN: Oui! ça va bien!

Il va prendre la chaise du fond, la place devant le secrétaire et, s'y asseyant, se met à écrire.

JOSEPH, *après un temps, remontant à gauche du secrétaire, près de Lucien qui écrit*: J'étais pas fier, allez monsieur, en venant ici!... C'est la première fois que j'ai l'honneur de voir monsieur et madame, mais, vrai, j'aurais mieux aimé avoir à leur annoncer qu'ils avaient gagné le gros lot de la loterie des millions, plutôt qu'une nouvelle pareille! *(Lucien, sans s'interrompre d'écrire, fait signe de la main gauche à Joseph de se taire. Celui-ci n'y prend garde.)* Aussi ça été un rude poids de moins quand j'ai eu vidé mon sac! mais vrai! je ne voudrais pas avoir à le recommencer!

LUCIEN, *tout en écrivant*: Vous m'empêchez d'écrire, mon ami.

JOSEPH: Pardon!

Les mains derrière le dos, son chapeau dans les mains, il descend près du pied du lit.

LUCIEN: Annette!... *(Il mouille les bords d'une des cartes-lettres qu'il vient d'écrire.)* Annette!

JOSEPH, *jette un regard vers Lucien, puis, complaisamment, va jusqu'à la porte par laquelle sont sorties les deux femmes et écartant carrément la portière*: Mademoiselle, monsieur vous appelle!

VOIX D'ANNETTE: Ch'habille mâtâme, monsieur.

VOIX D'YVONNE: Tu peux bien attendre un instant!

LUCIEN, *tout en collant la seconde carte-lettre*: Oui! Oui!

JOSEPH, *tenant toujours la portière écartée et les yeux fixés sur l'intérieur du cabinet de toilette*: Ce ne sera pas long, monsieur! Madame a déjà sa chemise de jour.

LUCIEN, *donnant un fort coup de poing sur la tablette du secrétaire et se précipitant sur Joseph qu'il fait pirouetter de façon à l'envoyer au milieu de la scène*: C'est trop fort, par exemple! Mais qu'est-ce que vous avez besoin d'aller fourrer votre nez!

JOSEPH, *ahuri par cette façon de reconnaître son obligeance*: C'était pour vous obliger, monsieur!

LUCIEN: Ah! Taisez-vous donc! « m'obliger! m'obliger! » Tenez, passez-moi plutôt mes vêtements! *(Joseph, ahuri tourne à droite et à gauche.)* Allez! retirez-vous de là! *(Il va prendre lui-même son complet. En se retournant, il donne dans Joseph qui s'est précipité pour l'aider à prendre ses vêtements.)* Mais retirez-vous donc de là! *(Il l'envoie à sa droite, près de la cheminée, et gagne vers le pied du lit. À Joseph complètement ahuri.)* Eh bien! venez ici!

JOSEPH, *accourant*: Oui, monsieur!

LUCIEN: Et aidez-moi!

JOSEPH: Oui, monsieur.

Pendant ce qui suit, Joseph enlève la mante de Lucien, puis dégrafe son justaucorps. Lucien, en dessous, a sa chemise de nuit et sa cravate sous son col rabattu. Ce jeu de scène se fait au pied du lit, près de la banquette.

LUCIEN, *tout en se faisant déshabiller*: Dites-moi vous avez un fiacre en bas?

JOSEPH: Oui, monsieur.

LUCIEN: Alors, il n'y a pas de temps à perdre.

JOSEPH: Surtout que c'est un taxi-auto.

Ayant fini de dégrafer Lucien, il gagne la gauche.

LUCIEN, *gagnant au-dessus du lit:* Ah! bien! tant pis! Qu'est-ce que vous voulez! C'est pas tous les jours fête!...

JOSEPH, *scandalisé*: Fête?

LUCIEN: Hein?... Euh!... non! Quoi? enfin... vous me comprenez!

Il a pris son pantalon et le passe sans réfléchir par dessus sa culotte Louis XIV.

ANNETTE, *sortant du cabinet de toilette et passant devant Lucien qui s'habille dos au public, s'arrête tout de suite à sa gauche*: Moussié a pésoin de moi?

LUCIEN, *s'habillant*: Madame est prête?

ANNETTE: Pientôt!

LUCIEN: Qu'est-ce que vous me demandiez?

ANNETTE: Si moussié a pésoin te moi?

LUCIEN: Non! *(Annette fait mine de s'en aller.)* Si!

Annette s'arrête.

LUCIEN, *tout en s'habillant, hachant ses mots comme quelqu'un qui fait deux choses à la fois*: Tenez, ma fille, il y a là deux... deux lettres sur la... *(À Joseph, qu'il voit se diriger vers le secrétaire, pour se rendre utile)* mais pas vous! *(À Annette.)* Vous, bougre de moule! Vous ne comprenez pas? Sur la tablette du secrétaire! Vous allez descendre et les mettre à la poste.

ANNETTE, *avec un sursaut de révolte*: Maintenant?

LUCIEN: Naturellement, maintenant! Il faut qu'elles soient distribuées demain à la première heure!

ANNETTE, *maussade*: C'est cai!

Elle se dirige vers la porte de gauche.

LUCIEN, *passant son gilet et son veston sans s'apercevoir que ses bretelles pendent aux boutons de derrière de son pantalon*: Eh! bien! où allez-vous? Où allez-vous?

ANNETTE: Che fais mette ine chipe!

LUCIEN: Eh! «ine chipe! ine chipe!» si vous croyez qu'on fera attention à vous! à cinq heures du matin!

ANNETTE: Che peux pas aller comme ça en chipon! C'est pas gôrrect!

LUCIEN: Eh! bien! prenez un waterproof.

ANNETTE: Ché n'ai bas dé vatfairpoufe.

LUCIEN: Eh! bien! vous prendrez mon pardessus qui est pendu dans l'antichambre.

ANNETTE: Ah! c'est écal! c'est pas gôrrect!

LUCIEN: Bon, bon, ça va bien, allez!

ANNETTE: De quoi qu'est-ce que che vais avoir l'air! T'ine femme touteuse!

LUCIEN: Eh, bien! Si on vous enlève, vous viendrez me le dire.

ANNETTE : Comme ine crue !

Elle sort par le fond.

LUCIEN, *habillé, ses bretelles pendant par-derrière, à Joseph* : Là ! Donnez-moi mon... donnez-moi mes... *(Voyant Joseph qui, ne comprenant pas ce qu'il demande, tourne à droite, à gauche, finalement les yeux en l'air)* mes souliers ! Quoi ! ils ne sont pas au plafond ! *(Prenant lui-même ses souliers et allant s'asseoir sur la banquette pour les mettre.)* Ah ! vous n'êtes guère dégourdi, mon ami.

JOSEPH : Monsieur ne s'expliquait pas !

LUCIEN : Eh ! ben, venez ici ! *(Joseph se précipite et se laisse tomber à genoux devant Lucien pour l'aider ; il prend le soulier que n'a pas encore pris Lucien ; celui-ci, lui arrachant le soulier de la main :)* Mais foutez-moi la paix ! *(Tout en mettant ses souliers.)* Dites-moi ! Qu'est-ce que c'est que votre auto ?

JOSEPH : Une Renault.

LUCIEN : Une petite rouge ? Ah ! Tant mieux ! Ça va plus vite et c'est moins cher.

JOSEPH : À cette heure-ci, c'est de la veine de l'avoir trouvée.

LUCIEN : Oui, ça c'est de la veine ! Il n'y a pas à dire, nous sommes en veine.

YVONNE, *sortant du cabinet de toilette, un grand manteau par-dessus son peignoir et la tête enveloppée dans une mousseline de soie* : Eh ! bien ! Es-tu prêt ?

LUCIEN, *achevant de mettre ses souliers* : Voilà ! Voilà, tout de suite.

YVONNE, *à Joseph qui est près du secrétaire* : Vous avez une voiture ?

JOSEPH : Oui, madame, en bas.

LUCIEN, *allant à la cheminée prendre son chapeau* : Une Renault ! une petite rouge ! ça va plus vite et c'est moins cher. *(Mettant son chapeau sans s'apercevoir qu'il a toujours sa perruque et allant rejoindre sa femme au fond:)* Là ! je suis prêt !

YVONNE, *le faisant pivoter et l'envoyant en scène*: Eh ! bien ! Et ta perruque ! Tu ne vas pas sortir avec ta perruque !

LUCIEN : Hein ! ma perr... Tu m'ahuris, qu'est-ce que tu veux ! Tu m'ahuris.

Il enlève sa perruque et la dépose sur la cheminée.

YVONNE : Mon Dieu ! au moment de partir, le courage me manque.

LUCIEN, *remontant vers la sortie*: Ben oui ! Ça ne m'amuse pas non plus, mais il y a de cruels devoirs dans la vie !

Il passe entre eux deux et sort au fond.

YVONNE, *prenant Joseph par l'avant-bras et le faisant descendre en scène. Lucien, qui déjà dans le vestibule s'est arrêté à la voix de sa femme, suit le mouvement*: Dites-moi, mon ami !

JOSEPH : Madame ?

YVONNE : Elle n'est pas trop changée au moins ?

JOSEPH : Oh ! non, du tout.

YVONNE : Pauvre maman ! Dites-moi qu'elle n'a pas trop souffert.

Lucien, voyant que ça peut durer longtemps, s'assied sur la chaise près de la cheminée.

JOSEPH, *heureux de donner à Yvonne cette consolation*: Pas un instant !... Elle était très bien portante... Elle avait mangé de bon appétit à dîner : deux tranches de gigot...

YVONNE, *avec émotion, les yeux au ciel*: Deux tranches de gigot !

LUCIEN, *sur un ton navré*: Deux tranches de gigot!

JOSEPH, *dans un soupir*: Deux tranches de gigot, oui! *(Reprenant son récit:)* Après le dîner, elle avait fait deux ou trois patiences; puis elle était allée se coucher... avec monsieur.

YVONNE, *prostrée dans sa douleur, et d'une voix à peine perceptible*: Ma pauvre mam... *(À ce moment seulement les derniers mots de Joseph frappent son cerveau, elle relève la tête comme quelqu'un qui s'interroge, puis la tournant vers Joseph:)* Monsieur?

LUCIEN, *en même temps que sa femme*: Monsieur?

YVONNE: Maman était couchée avec un monsieur?

LUCIEN: Quel monsieur?

JOSEPH, *avec une pointe d'inquiétude dans la voix*: Mais... M. Fajolet!... Le père de madame!

YVONNE: Mon père!

LUCIEN, *qui s'est levé et, les dents serrées, le menton en avant, s'est avancé jusque vers Joseph, le faisant pivoter vers lui d'une tape brusque sur le bras*: Où ça son père? Qui ça son père? Ma belle-mère est veuve!

JOSEPH, *pivotant sur lui-même et dos au public, reculant jusqu'à l'avant-scène*: Ah! mon Dieu! Vous n'êtes donc pas monsieur et madame Pinnevinnette!

YVONNE: Pinnevinnette!

LUCIEN, *furieux, et tout en marchant sur lui, avec l'allure d'un fauve qui va s'élancer sur sa proie*: Mais non, monsieur, nous ne sommes pas les Pinnevinnette!

Joseph a reculé à mesure que Lucien et Yvonne avançaient sur lui, et finit peu à peu par être acculé contre la table de nuit.

YVONNE, *qui a suivi son mari dans un mouvement en*

ciseaux, ce qui la met à sa droite: Est-ce que nous avons l'air de Pinnevinnette?

LUCIEN: C'est sur le palier à droite, les Pinnevinnette!

JOSEPH, *la gorge serrée*: Eh bien! C'est pas le palier droit, ici?

LUCIEN: Non, monsieur, c'est le gauche! C'est le droit quand on sort de l'ascenseur, mais le gauche quand on prend l'escalier.

YVONNE: Si vous aviez pris l'escalier comme tout le monde!...

JOSEPH, *brusquement*: Ah! mon Dieu!

YVONNE ET LUCIEN: Quoi?

JOSEPH: Mais alors... il va falloir que je recommence à annoncer?

LUCIEN, *le prenant par le bras et l'envoyant au milieu de la scène*: Non, mais vous ne pensez pas que je vais y aller pour vous?

JOSEPH: Oh! recommencer! Moi qui étais si content d'être débarrassé.

LUCIEN: A-t-on jamais vu un imbécile pareil!

YVONNE, *marchant également sur lui*: Venir vous donner des émotions en vous annonçant que votre mère est morte quand elle ne l'est pas!

JOSEPH: Madame, je suis désolé.

YVONNE, *haussant les épaules*: Oh! taisez-vous donc.

Elle redescend à droite.

LUCIEN, *le faisant pirouetter et l'envoyant ainsi au fond de la scène*: Allez, foutez-moi le camp! Espèce d'idiot!

YVONNE, *à l'avant-scène, au pied du lit*: Maladroit!

LUCIEN, *à l'avant-scène, près de la cheminée*: Crétin!

JOSEPH, *au fond*: Mais monsieur c'est pas de ma faute!... Vous devriez être contents!

LUCIEN ET YVONNE, *bondissant sur place*: Contents!

LUCIEN: Brute!

YVONNE: Imbécile!

LUCIEN: Chameau!

JOSEPH, *dans l'embrasure de la porte*: C'est trop fort, par exemple! Vous m'engueulez parce que votre mère n'est pas morte! Je n'y peux rien, moi!

TOUS DEUX, *bondissant sur lui*: Qu'est-ce que vous dites!

LUCIEN, *à gauche de la porte, à Joseph*: Voulez-vous foute le camp! N... de D...[1]!

YVONNE, *poussant Joseph dehors*: Voulez-vous vous en aller!

JOSEPH, *pendant qu'on l'expulse*: Oh! non, non, je m'en souviendrai de celle-là.

YVONNE: Oh! et moi aussi, par exemple!

Elle sort à la suite de Joseph qu'elle poursuit jusque dans l'antichambre.

LUCIEN, *qui est resté sur le pas de la porte, continuant à invectiver Joseph que le public ne voit plus, pas plus qu'Yvonne*: Foutez le camp!... Foutez le camp!... Foutez le camp!... Foutez le camp!... Foutez le camp!... *(Chaque «Foutez le camp!» doit être espacé de deux secondes. Dans chaque intervalle on entend un «Oh!» indigné d'Yvonne. À tout cela se mêlent les protestations de Joseph, le bruit de la porte d'entrée qu'on ouvre, puis qu'on referme bruyamment sur le dos de*

1. Nom de Dieu (on n'écrivait pas les injures quand elles étaient blasphématoires).

quelqu'un. Lucien redescendant, et comme un dernier grognement qui ne s'adresse plus à personne.) Foutez le camp !

YVONNE, *très énervée, redescendant vers le pied du lit et y jetant son fichu et son manteau* : Oh !

LUCIEN : Oh !

YVONNE : Oh !

LUCIEN : Oh ! Quelle brute ! Quelle brute !

YVONNE : Vous donner des coups pareils !

Elle s'assied tout émue sur la banquette.

LUCIEN, *indigné* : Oh ! *(Après un temps, heureux de cette occasion de représailles.)* Eh ! bien ! la voilà ta mère ! Voilà ce qu'elle nous a fait Ta mère !

YVONNE, *ahurie* : Ah ! çà ! Qu'est-ce que tu as ? Qu'est-ce qui te prend ?

LUCIEN : Oui ! Qu'est-ce que je dirai au tapissier, moi, maintenant ?... Quand il apprendra que ta mère n'a jamais été morte ? Que tout ça c'était une blague ?

YVONNE : Comment, quand il apprendra ? Mais tu n'as qu'à ne pas lui apprendre.

LUCIEN, *presque crié* : Mais je lui ai écrit !

YVONNE, *se dressant indignée* : Déjà !

LUCIEN, *de même* : Évidemment ! Puisqu'il nous embête, cet homme !

YVONNE : Oh !

LUCIEN : Je lui ai annoncé que j'allais pouvoir le régler, ayant eu la... la douleur de perdre ma belle-mère.

YVONNE : C'est trop fort ! tu escomptais[1] maman !

LUCIEN : Je ne pouvais pas me douter que tout ça c'était une blague ! *(Montrant le poing à la porte au fond.)* Oh ! le chameau ! le chameau !

1. Tu dépensais par avance.

YVONNE, *sautant sur lui comme une tigresse* : C'est maman que tu appelles chameau ? C'est maman que tu appelles chameau ?

LUCIEN : Oh ! oui, alors ! oh ! oui, alors ! Chameau ! Chameau !

YVONNE, *lui mettant ses ongles dans la figure* : Misérable ! Misérable ! *(À ce moment, une sonnerie éloignée et différente de celle de la porte d'entrée retentit, arrêtant court leur altercation. Yvonne, brusquement, impérative.)* Chut ! Tais-toi !

LUCIEN, *saisi* : Qu'est-ce qu'il y a ?

YVONNE : Le domestique qui vient de sonner à la porte d'à côté.

LUCIEN, *redescendant* : Eh ! bien ! Je m'en fous !

YVONNE, *sautant de joie* : C'est les voisins qui ont perdu leur mère ! C'est les voisins qui ont perdu leur mère !

LUCIEN : C'est ça, tu te réjouis du malheur des autres.

YVONNE, *gagnant joyeuse l'avant-scène droite et tout en s'asseyant d'un saut sur le lit* : Tiens ! Quand je pense que ça a failli être moi !

LUCIEN : Oh ! oui, plus souvent ! *(Remontant :)* Ah ! nous sommes bien ! Nous voilà bien !

Scène 4

LES MÊMES, ANNETTE

ANNETTE, *rentrant vêtue d'un large et long pardessus à Lucien* : Foilà ! C'est fait !

LUCIEN, *bondissant vers elle et lui saisissant les poignets* : Ah !... les lettres ! Qu'est-ce que vous avez fait des lettres ?

ANNETTE, *reculant dans l'espace qui est entre le fond et le lit*: Che les ai mises à la poste.

LUCIEN: C'est ça! Voilà! Elle les a mises à la poste!

ANNETTE: Pen! oui, puisque moussié...

LUCIEN: Ah! vous avez fait un joli coup! Qu'est-ce que vous aviez besoin de vous presser comme ça?

ANNETTE: Comment, mais c'est moussié qui m'a dit...!

LUCIEN: Eh! C'est moi, c'est moi...! Parce que tout à l'heure la mère de madame était morte.

Il redescend.

YVONNE, *radieuse, à Annette qui est tout près d'elle de l'autre côté du lit*: Oui, et maintenant... elle ne l'est plus.

ANNETTE, *au-dessus du lit*: Lieber Gott!... Ils sont fous!

YVONNE, *bien haut*: C'est pas maman! C'est la mère des voisins! Le domestique s'était trompé de palier!

ANNETTE: Non! C'est frai?

LUCIEN, *furieux*: Mais oui!

ANNETTE, *sautant en l'air de joie*: Ah! que che suis gondende!

LUCIEN, *furieux*: C'est ça, elle est gondende! Elle est gondende!

ANNETTE: Mais oui!

YVONNE, *indiquant du doigt Lucien qui est à l'avant-scène gauche*: Non, mais c'est que monsieur, lui, il regrette!

LUCIEN, *haussant les épaules*: Allons, voyons!

YVONNE: Il aurait été heureux d'enterrer maman!

LUCIEN, *même jeu*: Ah! là, là «l'enterrer»...! *(Brusquement.)* Ah! n... de D...

YVONNE: Quoi!

LUCIEN : Et ma lettre à Borniol[1] !

YVONNE : Quoi, « ta lettre à Borniol » ?

LUCIEN, *vite et d'une voix navrée* : J'ai écrit à la maison Borniol de venir demain matin chez ta mère pour s'entendre pour le convoi !

YVONNE, *bondissant à genoux sur le lit* : Tu as fait ça ?

LUCIEN : Ah ! bien ! C'est du joli !

YVONNE, *avançant sur les genoux jusqu'au pied du lit* : Mais tu veux donc la tuer ! Tu veux donc sa peau !

LUCIEN : Oh ! bien ! Voilà tout ! On en sera quitte pour envoyer une dépêche demain matin !

YVONNE, *lui montrant le poing* : Misérable ! Il veut tuer maman ! Il veut tuer maman !

Tout ceci jusqu'à la fin et pour ainsi dire ensemble.

LUCIEN, *allant jusqu'au pied du lit et sur un ton impératif* : Oh ! Et puis assez ! C'est le moment de dormir !

YVONNE, *sans l'écouter* : Scélérat ! Assassin ! Troppmann[2] !

LUCIEN, *monté à moitié sur la banquette* : Vas-tu te taire ! Vas-tu te taire !

ANNETTE, *qui est montée sur le rebord du lit, essayant de s'interposer entre eux* : Voyons, mâtâme ! monsieur !

YVONNE : Il veut tuer maman ! Il veut tuer maman !

LUCIEN, *abandonnant la place et face au public* : Oh ! non ! non ! J'aime encore mieux coucher dans les draps de la bonne !

YVONNE, *pendant que le rideau baisse* : Et il dit que j'ai les seins en portemanteau.

---

1. Entrepreneur des pompes funèbres.
2. Assassin célèbre.

ANNETTE : Mâtâme ! Mâtâme !

LUCIEN, *gagnant la porte de gauche* : Oh ! la barbe ! la barbe !

YVONNE : Il dit que j'ai les seins en portemanteau...

LUCIEN : La barbe !

Il sort furieux.

RIDEAU

Du tableau au texte

Sophie Barthélémy

Du tableau au texte

Le Bal des Quat'z'Arts descendant les Champs-Élysées
de Georges-Antoine Rochegrosse

... autant de civilisations et d'époques de l'histoire qui s'entrechoquent en un étourdissant vacarme...

Une foule compacte, chaotique et bigarrée, composée de personnages masqués et travestis à la mode antique, orientale et historique, chemine en une joyeuse et chahuteuse parade sur l'avenue des Champs-Élysées dont on aperçoit au loin, à gauche, la pâle silhouette embrumée de son monument emblématique. Guerriers grecs et assyriens armés de boucliers, personnages drapés à l'antique, Indiens et Africains, hommes coiffés d'un burnous, samouraï, courtisanes orientales ou geishas, petits rats de l'Opéra, pages de la Renaissance ou femmes perruquées à la mode du XVIIIe siècle, autant de civilisations et d'époques de l'histoire qui s'entrechoquent en un étourdissant vacarme.

En une touche vigoureuse et chaleureuse, le peintre campe une ambiance de carnaval haut en couleur, servie par la chatoyante palette de rouges et d'orangés flamboyants, au son des trompettes d'une fanfare improvisée, des cliquetis des armes et des pas des chevaux attelés aux chars conduisant le cortège vers sa destination. De cette marée humaine s'échappe, auréolée de lumière rosée, une jeune sylphide à la grâce aérienne qui s'élève dans les airs dans un époustouflant grand écart. L'ascension incongrue de cette muse mystérieuse confère à la scène une dimension fantastique et onirique.

... en une marche ininterrompue qui semble se prolonger hors du champ pictural...

Placé de dos, en retrait de la foule costumée, au premier plan de la toile, le buste coupé par le cadre, un gardien de la paix contemple le spectacle qui s'offre à ses yeux. Son attitude stoïque et immobile contraste avec les mouvements désordonnés et exubérants des turbulents processionnaires. À l'instar du réverbère fermant la composition à gauche et de la calèche s'élançant à droite dans le brouillard, le personnage introduit une note contemporaine et réaliste dans ce décor anachronique. Tout aussi anachronique est la jeune Grecque soufflant de la trompette, comme la courtisane voilée qu'entourent deux galants, l'un en redingote et haut-de-forme à la mode du temps, l'autre en costume espagnol.

Le mouvement de foule est habilement rendu par la dynamique diagonale que dessine la procession. Coupée par les bords du cadre, celle-ci avance en une marche ininterrompue qui semble se prolonger hors du champ pictural. Suggérée par la promiscuité des corps serrés les uns contre les autres, l'impression de densité humaine est renforcée par la restriction de la ligne d'horizon laissant apparaître une mince bande de ciel et par la dominante rouge éclairée ici et là par les blancs du burnous, des toges et du tutu de la petite danseuse.

… *la fête annuelle organisée au printemps par les étudiants de cette vénérable institution…*

Empruntant son nom aux quatre disciplines enseignées à l'École des beaux-arts depuis sa création au XVIIe siècle — l'architecture, la peinture, la sculpture et la gravure —, le bal des Quat'z'Arts était la fête annuelle organisée au printemps, à partir de 1892, par les étudiants de cette vénérable institution. Si le premier bal eut lieu à l'Élysée-Montmartre, les suivants, dont ceux évoqués dans le tableau de Georges Rochegrosse et la pièce de Feydeau, eurent pour cadre le célèbre cabaret du Moulin-Rouge. Bal à thème et costumé, le bal des Quat'z'Arts avait réussi à rallier aussi les carabins de l'école de médecine qui partageaient avec les étudiants des Beaux-Arts le goût du travestissement le plus licencieux. L'hystérie collective, née de ce joyeux chahut, s'accompagnait souvent de débordements aussitôt condamnés par les défenseurs de la morale puritaine et bourgeoise, comme le rappelle le scandale provoqué par l'effeuillage improvisé du modèle Mona en 1893. De nombreux dandies et poètes décadents ne manquaient pas de se joindre à l'ivresse de cette jeunesse débridée qu'affectionnait particulièrement l'excentrique Jean Lorrain. D'autres personnalités mondaines de l'époque, à l'instar du prince Youssoupoff, qui avait emprunté au danseur Nijinski son costume de Daphnis en peau de léopard, se déclara, à l'inverse, choqué par ces nudités obscènes et cette trivialité presque bestiale. Plus tard, Brassaï, Henri-Pierre Roché, le père de *Jules et Jim*, ainsi que Georges Brassens immortalisèrent en images, en mots et en musique cette fête rituelle tombée en disgrâce à la fin des années 1960.

… une parodie de l'enseignement académique et du culte de l'Antiquité gréco-romaine…

Ancien élève de l'École des beaux-arts où il avait accumulé quelques récompenses de classe sans jamais accéder toutefois au prestigieux prix de Rome, Georges-Antoine Rochegrosse (1859-1938) avait sans doute participé ou assisté en spectateur au bal des Quat'z'Arts. Dans cette toile, il en fait une parodie de l'enseignement académique et du culte de l'Antiquité gréco-romaine qu'inculquait aux étudiants la tradition séculaire de l'école. Sa parade costumée rassemble des personnages issus de la grande peinture d'histoire, genre pictural que l'École des beaux-arts tenait depuis toujours en haute estime et que l'artiste lui-même privilégia à ses débuts.

C'est un sujet antique, *Vitellius traîné dans les rues de Rome par la populace*, qui lui vaut son premier succès au Salon de 1882. L'année suivante, il récidive avec *Andromaque*, l'une des héroïnes de l'épopée homérique. Le prix du Salon ne lui épargne pas pour autant les sarcasmes de la critique qui compare ses Grecs de l'*Iliade* à des « Mohicans de Cooper ». L'inspiration sombre et dramatique de ses tableaux, de la folie de Nabuchodonosor à l'assassinat de Jules César, en passant par la danse macabre de Salomé, témoigne toujours d'un lyrisme tragique aux accents grandiloquents, servi par des compositions foisonnantes et sophistiquées. Vers la fin de sa vie, sa palette s'éclaircit et sa fougue s'apaise. Inspiré par le *Parsifal* de Wagner, son gracieux *Chevalier aux fleurs* (1894) a des accents plus préraphaélites, voire même déjà symbolistes, que romantiques. Peint dix ans plus tôt, *Le Bal des Quat'z'Arts* est à la charnière de ces deux périodes : si l'obsession du détail et de la reconstitution historique ainsi que l'omniprésence du rouge pourpre et le lyrisme de la mise en scène le rattachent encore aux premières œuvres d'inspiration historique, auxquelles il emprunte le format ambitieux, le ciel clair et lumineux survolé par la muse n'est pas sans rappeler l'atmosphère heureuse et bucolique du *Chevalier.* Au Salon de 1889, l'artiste peindra un autre bal, sur fond d'histoire médiévale, celui des Ardents, où la jeunesse bohème de la Belle Époque a fait place à d'effrayants satyres.

… *« Le jour se levait rose sur la ville »*…

Au-delà de la satire potache et bon enfant, Rochegrosse a aussi conçu son tableau comme une sorte de synthèse des mouvements artistiques qui ont jalonné tout le XIXe siècle, désormais finissant, du néoclassicisme au japonisme, en passant par l'orientalisme et l'impressionnisme avec, ici et là, quelques hommages, en guise de clin d'œil, à Delacroix, avec le personnage au burnous, ou encore à Degas, à travers la petite danseuse au tutu. L'orientalisme romantique de Delacroix a profondément marqué Rochegrosse qui, lorsqu'il s'installe définitivement en Algérie en 1900, abandonne les sujets historiques au profit de scènes de harem aux sensuelles odalisques et au riche coloris. Tour à tour femme fatale orientale, déesse, impératrice, son épouse Marie Leblond, égérie de la société parisienne de l'époque, a sans doute servi de modèle à la jeune muse s'élevant dans les airs. C'est encore peut-être elle que l'on retrouve, portant une torche enflammée, dans l'*Incendie de Persépolis* (Salon de 1913).

L'apparition fantastique de la muse dans le ciel rosi des Champs-Élysées n'est pas sans évoquer ici certains vers du *Thaïs* d'Anatole France (1890) « Le jour se levait rose sur la ville… » ou ceux de son beau-père Théodore de Banville qui lui dédia dans son enfance son poème des *Exilés* (1867) :

Emplis ton esprit d'azur.
Garde-le sévère et pur…

Le thème du bal des Quat'z'Arts avec ses charivariques vachalcades fut traité à la même époque par d'autres artistes, comme Louis-Abel Truchet (1857-1918) qui exposa sa toile aux salons de 1903 et de 1906 : « Et puis venait le char du Sacré-Cœur qu'avait conçu Abel Truchet avec les chérubins, les séraphins et les anges vêtus de blanc et les ailes mi-closes… » (*Le Vieux Montmartre*, 1913). Habitué de la vie nocturne montmartroise dont il avait fait l'un de ses sujets favoris, dans une veine post-impressionniste, Truchet fut également l'élève de Jules Lefebvre à l'académie Julian et partageait avec Rochegrosse le goût de l'Orient.

… « Mais, sous les masques, pourtant, vous laissiez deviner les visages »…

Une inspiration commune liait aussi Rochegrosse à l'univers du théâtre de boulevard et à sa peinture de mœurs de la bourgeoisie parisienne. À sa carrière de peintre d'histoire et de sujets orientalistes s'ajoutait d'ailleurs celle d'illustrateur et de décorateur qui l'amena à concevoir des affiches d'opéra et de théâtre. Issus de la même génération, les deux Georges, le peintre et le célèbre vaudevilliste, avaient tous deux une passion pour le Paris de la Belle Époque et ses divertissements, comme ce bal annuel des étudiants des Beaux-Arts.

Avec son costume de « Roi-Soleil », Lucien, le brave caissier des Galeries Lafayette en quête de « sensations d'art » et sans doute aussi d'ascension sociale, pourrait figurer dans la foule du cortège peint par Rochegrosse, aux côtés de la femme déguisée en dame de la cour versaillaise. L'image du bon bourgeois venu s'encanailler et voir, sous de fallacieux prétextes esthétiques, d'affriolantes et opulentes nudités, semble s'incarner ici dans le personnage en redingote au bras de la courtisane orientale. De même, la muse drapée d'un voile transparent, à l'image du saut-de-lit d'Yvonne, n'apparaît-elle pas comme la projection du fantasme et du désir masculin, personnifié dans la pièce de Feydeau par le modèle d'atelier à l'admirable nudité et à l'éblouissante gorge, tant jalousée par l'épouse outragée ? Travestie en Amphitrite surgissant d'une « coquille nacrée portée par des tritons et des sirènes », la femme en tenue d'Ève renvoie aussi, au-delà de sa puissance d'évocation érotique, à la conception du nu féminin dans la peinture académique ou pompier, si pleine de ces voluptueuses nudités mythologiques, comme le rappellent la célèbre *Vénus* de Cabanel ou la *Danaé* de Carolus-Duran, le beau-père de Feydeau. Le *Cortège d'Amphitrite* fut à la même époque l'argument d'un poème d'Albert Samain, mis en musique par Charles Kœchlin dans les années 1900 :

C'est la jeune Amphitrite, en sa conque d'argent,
Qui passe sur la mer avec ses Néréides [...]
Les vagues doucement ondulent... L'air est pur.
Amphitrite sourit, toute nue, à l'azur...

Comme Rochegrosse, il est fort probable que Feydeau, en sa double qualité de chroniqueur de la société parisienne fin de siècle et de noctambule invétéré, ait lui aussi assisté au bal des Quat'z'Arts. Le caractère carnavalesque de cette fête ne pouvait manquer de séduire un homme si habile à dévoiler les bassesses et l'hypocrisie de la bourgeoisie dont il se plaisait tant à faire tomber le masque. L'auteur dramatique Robert de Flers nous le rappelle dans l'hommage funèbre qu'il rend à Feydeau le 8 juin 1921 : « Plutôt que de laisser vos personnages s'attrister dans le monde, vous préfériez les conduire au carnaval. Mais, sous les masques, pourtant, vous laissiez deviner les visages... » Dans sa toile, Rochegrosse laisse à son tour deviner les visages sous les masques, les loups et les casques. La débauche, l'adultère, la luxure et la perversion sont là, tapis dans l'ombre, derrière les rires, le plaisir de la fête et l'ambiance de rapin. Seule la jeune muse, aux allures d'ange, semble incarner l'innocence et la grâce.

Le mirage du carnaval est à l'image du couple Lucien-Yvonne qui, à la faveur d'une banale querelle conjugale, se trouve confronté à son propre échec et à ses désillusions, celle de la beauté et de la séduction chez la femme, celle du statut social chez l'homme. Lucien pensait échapper à sa condition de médiocre employé des Grands Magasins en peignant quelques toiles et en se mêlant le temps d'une soirée aux étudiants des Beaux-Arts. Chacun est blessé dans son amour-propre par les critiques de l'autre, l'un se voyant affublé de l'insultant sobriquet de « barbouilleur », l'autre s'entendant dire que ses seins, attribut ô combien emblématique de la féminité et du désir, sont « en forme de portemanteaux » ! Derrière la farce grinçante, Feydeau dissimule en réalité son propre malaise sentimental et conjugal. Lorsqu'il écrit cette comédie en 1908, il est lui-même au bord de la rupture avec sa femme dont il se séparera l'année suivante avant de divorcer officiellement en 1916. Dans la pièce, la réalité profonde des personnages éclate rapidement. Inculte, frivole, impudique, à l'image des modèles d'atelier ou des courtisanes paradant dans le cortège des Quat'z'Arts, et jalouse, Yvonne n'en est pas moins rachetée par son amour filial dont témoigne sa réaction à la fausse annonce de la mort de sa mère. Lucien, en revanche, apparaît d'emblée comme un homme pleutre, fat, égoïste et dépensier, mais aussi, comme le révèle le dénouement de cette courte pièce, cupide et insensible. Insensible à la mort de sa belle-mère dont il convoite déjà l'héritage et aux larmes sincères de son épouse.

... Leur intérêt pour les arts et la littérature...

Mais, au-delà de cette inspiration commune, Georges Feydeau et Georges Rochegrosse partageaient aussi d'étroites affinités liées à leur milieu familial cultivé et à leur environnement social. Par l'intermédiaire de son beau-père et père adoptif, le poète parnassien Théodore de Banville qui l'introduisit dans les milieux intellectuels de l'époque, Rochegrosse avait côtoyé et illustré de nombreuses célébrités littéraires, comme Gustave Flaubert et Théophile Gautier. Ces derniers étaient également amis avec le père présumé de Feydeau, l'écrivain Ernest Feydeau (1821-1873) dont Rochegrosse avait illustré des romans et avec lequel il partageait le même attrait pour l'Orient. On peut supposer que le peintre a rencontré Feydeau fils qui, dès 1899, connaissait une grande notoriété, couronnée cette année-là par sa *Dame de chez Maxim*. C'est de même à cette période que l'auteur à succès, par ailleurs grand amateur d'art et collectionneur des impressionnistes, se consacre quelque temps à la peinture à laquelle son beau-père Carolus-Duran l'avait sans doute initié. Encouragé par ce double parrainage, leur intérêt pour les arts et la littérature les aura donc certainement fait se croiser. De même, leur amitié commune avec Sarah Bernhardt semble plaider en faveur d'une rencontre entre les deux hommes. Feydeau fut, avec l'illustre tragédienne, l'un des témoins du mariage de Sacha Guitry et d'Yvonne Printemps en 1919. Quant à Rochegrosse, il la portraitura, comme tant d'autres peintres admirateurs de son temps, étendue dans un intérieur chinois. Cet intérieur chinois, dont les masques grimaçants accrochés sur la tenture nous renvoient à nouveau au monde des apparences, ne nous évoque-t-il pas précisément la didascalie qui introduit, avec force détails, le décor de la chambre à coucher d'Yvonne : « Au mur, des gravures modernes encadrées, des éventails japonais » etc. ?

Une fois encore, Feydeau et Rochegrosse, ce dernier avec ses geishas et ses samouraïs de pacotille, puisent à la même source, celle de la mode du japonisme qui, en cette fin de siècle, s'introduisait partout, jusque dans les foyers domestiques de la petite bourgeoisie si désireuse d'être dans l'air du temps…

Le texte en perspective

Françoise Spiess

Vie littéraire

Rire au théâtre

1.

Des contemporains qui font rire aussi

En 1908, quand *Feu la mère de Madame* est créé au théâtre de la Comédie-Royale, à Paris (l'actuelle Comédie-Caumartin), le cinéma, alors muet, est encore un divertissement assez peu répandu. En revanche, les salles de théâtre sont pleines. À la fin du XIXe siècle quelques auteurs tracent la voie qui sera celle de Feydeau.

Georges Courteline (1858-1929) est un dramaturge réaliste qui dénonce la bêtise et la méchanceté de l'homme, dans une langue d'une grande inventivité comique. Dans son chef-d'œuvre, *Boubouroche* (1892), il fustige la traîtrise, défaut que Feydeau s'acharnera aussi à dénoncer !

À la même époque, Eugène Labiche (1815-1888) passe pour l'inventeur d'une situation comique nouvelle, l'absurde, et d'un personnage, le bourgeois crédule et mesquin. On voit donc ce que Feydeau lui doit. *Un chapeau de paille d'Italie* est une comédie en cinq actes. Il y invente la course-poursuite dont les burlesques du cinéma du début du XXe siècle, à commencer par Buster Keaton, feront leurs délices. Mais c'est surtout avec *Le Voyage de monsieur Perrichon* que s'installe, incarné par l'acteur Geoffroy, le personnage du bourgeois. « Je me suis adonné », écrit-il à Léopold Lacour dans une lettre datée du 27 octobre 1880, « presque exclusivement à l'étude du bourgeois. [...] C'est une perle de bêtises que l'on peut monter de toutes les façons. » Vanités, infidélités conjugales, hypocrisies se retrouvent dans toutes les comédies qui suivront. Les surréalistes, Philippe Soupault en particulier, s'intéressent à son humour, et certains critiques voient en lui l'initiateur du théâtre de l'absurde, le précurseur de Ionesco surtout.

Enfin, Alfred Jarry découvre des voies théâtrales nouvelles avec *Ubu Roi,* pièce collective des lycéens de Rennes dont il est l'inventeur et qui caricature le père Hébert, professeur de physique chahuté. La pièce fait scandale. Elle sera jouée aussi avec des marionnettes, Jarry hésitant entre la scène et le castelet. *Ubu* est une machine de guerre contre le théâtre de son temps, naturaliste comme symboliste. L'intrigue est squelettique, les scènes parodiques, temps et lieu sont peu définis. Le langage est neuf, fait d'un mélange de néologismes et d'archaïsmes. La forme est stylisée, proche de la bande dessinée. On ne donne pas l'illusion du réel, il n'y a pas de péripéties connues d'avance comme dans le théâtre de boulevard, mais un personnage sans psychologie, un décor intemporel. Il s'agit de laisser place à l'imagination du spectateur. Les objets sont factices, le décor abstrait, l'acteur impersonnel, parfois masqué. La lumière artificielle crée des ombres, aplanit les surfaces. Le réseau électrique vient d'être installé et Jarry utilise au mieux cette possibilité nouvelle. En fait, il restitue le théâtre dans ses principes essentiels et ouvre la voie au théâtre moderne. Bien que ces deux dramaturges semblent très éloignés l'un de l'autre, l'un cherchant à dynamiter le théâtre de son temps, l'autre se déclarant avant tout un amuseur, le rythme, la mécanique échevelée de l'action, l'humour noir, semblent bien les rapprocher.

2.

Théâtre de boulevard ?

L'écriture de Feydeau est parfois qualifiée de « théâtre de boulevard ». Que signifie ce terme ?

On l'appelle ainsi parce qu'il est joué essentiellement dans les théâtres parisiens situés sur les Grands Boulevards. C'est là que se donnaient des pièces mélodramatiques (faites pour faire pleurer, émouvoir), des histoires criminelles et pathétiques — ce pourquoi on appelait alors les boulevards, « boulevards du crime » —, et des comédies légères.

Le théâtre de boulevard s'épanouit grâce à la Révolution qui instaure en 1791 « la liberté des théâtres ». C'est ainsi que vont s'ouvrir de nombreuses salles de spectacles qui attirent dès cette époque un public populaire. La censure réapparaîtra en 1794, après Thermidor qui marque la chute de Robespierre. En 1806, Napoléon ramène à huit le nombre de théâtres parisiens : quatre dépendent de l'État (la Comédie-Française, l'Opéra, l'Opéra-Comique et le Théâtre de l'Impératrice), les quatre autres étant considérés comme secondaires (Le Vaudeville, les Variétés, l'Ambigu-Comique et la Gaîté). Sous la Première Restauration (1814-1815), les théâtres de boulevard rouvrent leurs portes. La Comédie-Française faisant trop souvent preuve de rigidité, les grands auteurs romantiques font fréquemment appel aux troupes du théâtre de boulevard pour créer leurs pièces. Du milieu du XVIIIe siècle à leur démolition décidée par Haussmann en 1862, les boulevards ont abrité un grand nombre de théâtres. Tout le peuple parisien venait y faire la fête. Marcel Carné a immortalisé cette joyeuse cavalcade qui déferlait sur les Grands Boulevards autour des théâtres et des cafés dans son film, *Les Enfants du Paradis.* Au début du XXe siècle, il y a une quarantaine de théâtres à Paris. Chacun a une spécialité. Un grand nombre se consacre au vaudeville, d'autres donnent des « revues » comiques d'actualité, ou encore des drames moraux. Il y a même le théâtre du Grand Guignol qui propose des spectacles terrifiants que le public adore !

3.

L'avènement du metteur en scène

Le théâtre au XIXe siècle est caractérisé par la domination des vedettes — certains acteurs sont adulés du public — et par l'utilisation comme décor de la toile peinte. Il a donc un côté très artificiel. On va chercher peu à peu à rapprocher le théâtre du réel, à développer aux côtés du texte un langage nouveau, une écriture faite des éléments proprement scéniques du théâtre : ce sera la mise en scène. S'ouvre alors l'ère de l'interprétation. La représentation s'ordonne en fonction d'un point de vue, celui du metteur en scène. Elle met en évidence le caractère lacunaire du texte et montre qu'il est porteur d'une pluralité de sens, chacun pouvant être révélé par chaque mise en scène différente.

1. *Du régisseur au metteur en scène*

La mise en scène — qui ne s'appelait pas encore ainsi ! — est d'abord une activité pratique qui consiste à résoudre des problèmes matériels posés par la représentation. Jusqu'au milieu du XIXe siècle, c'est une activité technique plus qu'artistique. Celui qui la pratique est un régisseur, qui peut être aussi directeur de théâtre, ou auteur, ou acteur. Les théâtres utilisent un nombre restreint de décors, peints sur toile, assez stéréotypés. Le costume appartient à l'acteur. D'autre part, jusqu'en 1759, le public riche est admis sur la scène ! L'aire de jeu des acteurs est donc restreinte et on les dispose sur scène plus selon leur notoriété que selon le texte à jouer. Le théâtre est une activité marchande beaucoup plus qu'esthétique. Les moyens techniques sont réduits. Il faudra attendre le XIXe siècle pour que l'éclairage ne se fasse plus à la chandelle mais au gaz (en 1820), puis à l'électricité. Cette nouveauté, associée aux progrès de la machinerie, conduira à rechercher une illusion réaliste sur scène. L'ère du metteur en scène peut donc commencer. Le théâtre devient un art du regard. Cependant, si la fonction existe, elle est encore mal définie. C'est pourquoi Feydeau auteur-metteur en scène fixe les indications de mises en scène dans d'interminables et extrêmement précises didascalies, au cas où quelqu'un d'autre monterait ses pièces. Exemple dans *Le Dindon* à la scène 12 de l'acte II : Vatelin est dans une chambre d'hôtel avec Maggy qui est entrée dans la salle de bains. Sa femme Lucienne, qui veut le surprendre, arrive avec Pontagnac qui est amoureux d'elle. Voilà la didascalie :

> À ce moment, la porte de gauche s'ouvre sans bruit et Lucienne passe la tête. En reconnaissant son mari qu'elle voit de dos, elle lève deux grands bras au ciel et ouvre une bouche énorme. Mais, avant qu'elle ait eu le temps de pousser un cri, Pontagnac se précipite sur elle en faisant « non » de la tête comme pour lui dire qu'il n'est pas encore temps. En même temps, sa main droite a saisi la main droite de Lucienne et il la fait brusquement passer devant lui pendant que, de sa main gauche, il referme vivement la porte sur lui. Ce jeu de scène doit être absolument muet et durer l'espace d'un clin d'œil.

On rencontre des exemples similaires dans *Feu la mère de Madame*. Cette extrême minutie dans la didascalie se retrouvera plus tard chez d'autres auteurs qui auront les mêmes inquiétudes pour la mise en scène de leurs textes, tout particulièrement Samuel Beckett.

2. *Antoine ou la recherche du naturel*

C'est André Antoine (1858-1943) qui est considéré comme l'inventeur de la mise en scène telle que nous la concevons aujourd'hui. C'était un employé du gaz. Avec un groupe de comédiens amateurs, à quelques pas de la place Blanche à Paris, il applique les théories naturalistes d'Émile Zola à la mise en scène et crée pour cela Le Théâtre-Libre, en 1887. Il veut reproduire sur la scène un milieu social précis et il demande à l'acteur de jouer le plus naturellement possible dans ce milieu reconstitué, même s'il doit tourner le dos au public ! Le personnage apparaîtra ainsi comme un produit de ce milieu. Il considère, comme Zola, que le décor doit occuper au théâtre la place que les descriptions minutieuses tiennent dans un roman naturaliste. Les spectateurs auront l'impression d'observer « une tranche de vie ». Il considère que la scène est constituée de quatre murs, le quatrième étant le mur invisible qui sépare les comédiens des spectateurs et qui permet à ces derniers de regarder l'action se dérouler. « Il faut », écrit-il dans *Le Théâtre vivant* (1891-1896), « que l'emplacement du rideau soit un quatrième mur transparent pour le public, opaque pour le comédien. » Il est aussi le premier à mettre les spectateurs dans le noir pour le temps de la représentation. Au Théâtre-Libre, puis au Théâtre-Antoine à partir de 1897, Antoine veut détruire les vieilles conventions scéniques : les toiles peintes représentant toujours le même salon bourgeois, les accessoires peints sur les toiles, et surtout la déclamation des acteurs. Il impose un jeu proche du ton de la conversation, des décors précis, des accessoires réels, des costumes inspirés de la réalité. On raconte que pour jouer une pièce, *Le Boucher* de Fernand Icres, en 1888, il avait demandé à son voisin, boucher, de vrais morceaux de viande !

Il insiste sur la gestuelle précise du comédien : « À certains moments de l'action », écrit-il dans *Causerie sur la mise en scène*, « les mains du comédien, son dos, ses pieds, peuvent être plus éloquents qu'une tirade. » Il signe ainsi le passage du simple régisseur, qui se bornait à régler les problèmes pratiques de la représentation, au metteur en scène dont la lecture personnelle influe sur l'œuvre. Antoine monte des auteurs étrangers, en particulier August Strindberg (1849-1912), Henrik Ibsen (1828-1906), Léon Tolstoï (1828-1910), mais aussi, quand il prend la direction du théâtre de l'Odéon, Shakespeare et les classiques français, Racine, Corneille, Molière. Après la Première Guerre mondiale, il exerce surtout une activité de critique et de cinéaste. Il est le premier à s'être interrogé sur la mise en scène, c'est-à-dire sur la coordination nécessaire de tous les éléments de la création artistique : jeu de l'acteur, scénographie, sons, musiques, éclairage.

3. *L'atmosphère rêveuse de Lugné-Poé*

Ses détracteurs lui reprochent le trop grand réalisme, à leurs yeux, de ses mises en scène. Ainsi Aurélien Lugné-Poé, qui avait débuté chez lui au Théâtre-Libre, fonde le Théâtre de l'Œuvre en 1893. Il est le metteur en scène des symbolistes. Pour lui, l'acteur, immobile, doit psalmodier son texte d'une voix blanche. Les décors, à peine éclairés, ne sont jamais illustratifs mais plutôt subjectifs, la lumière faible créant une atmosphère onirique, qu'il accentue dans certaines mises en scène en utilisant des rideaux de gaze. Ainsi quand il monte *Pelléas et Mélisande* de Maurice Maeterlinck, une toile de fond évoque très vaguement une forêt. Pourtant, il apprécie également la provocation et permet, par exemple, que soit monté *Ubu Roi* d'Alfred Jarry. Il sera aussi le metteur en scène attitré des pièces de Paul Claudel. Dans *L'Annonce faite à Marie*, en 1912, la forêt est évoquée par des bandes de calicot brun et vert qui tombent des cintres et suscitent un climat étrange.

4. *La formation de l'acteur, selon Stanislavski*

L'autre grand nom des débuts de la mise en scène est russe. Konstantin Stanislavski (1863-1938) donne ses premières mises en scène en 1888. Dès ce moment, il note ses réflexions sur l'art de l'acteur. Il fonde le Théâtre d'art de Moscou en 1898. Avec son associé Nemirovitch-Dantchenko, il monte des pièces d'Anton Tchekhov, Maxime Gorki, Nicolas Gogol, puis Maurice

Maeterlinck. Il crée alors ce qu'il appelle « un système » pour la formation de l'acteur. Il bâtit ses premières théories en réaction contre le jeu conventionnel, le cabotinage, le laisser-aller qui lui semblent régner dans le théâtre russe. Il monte ses premiers spectacles avec un grand souci du détail vrai, mais il est vite conscient des limites du réalisme dans la scénographie. Il s'attache alors à montrer la vérité psychologique du personnage. Il veut donner à l'acteur des moyens qui lui permettront de trouver la vérité du rôle qu'il doit jouer en puisant dans sa propre personne. Il apprend à l'acteur à se concentrer, mais aussi à développer son imaginaire, à chercher dans sa mémoire affective, tout en travaillant sur le rythme et sur le corps. L'entraînement vocal et physique direct (la diction, les gestes, les déplacements), et indirect (la danse, l'escrime...) est selon lui indispensable. Dans *La Formation de l'acteur* il écrit : « Afin d'exprimer toutes les nuances d'une vie en grande partie subconsciente, il est absolument nécessaire de posséder et de maîtriser un appareil physique et vocal d'une extrême sensibilité et soigneusement éduqué. » Cela doit être complété par un entraînement psychologique. Il part de la constatation que notre vie psychique a trois moteurs : « le sentiment, l'intellect et la volonté. Ce n'est que lorsque ces trois forces agissent harmonieusement que nous pouvons créer librement. » Il demande à l'acteur de trouver en lui des sentiments enfouis afin de donner vie à son personnage. Il propose aussi des exercices d'improvisation pour accéder au monde de l'imaginaire. La vérité du jeu viendra de tout ce qui peut nourrir le rôle. Il suggérait aux acteurs d'imaginer le passé, la vie quotidienne des personnages qu'ils devaient incarner pour leur donner le poids de la réalité. C'est cette partie de son œuvre, contenue dans

La Formation de l'acteur (publié en 1934) et *La Construction du personnage* (publié en 1938), qui est la plus connue tant en France qu'aux États-Unis. Il a influencé les metteurs en scène du monde entier.

Pour aller plus loin

Pour mieux connaître Feydeau…

Henri GIDEL, *Feydeau*, Flammarion, 1992.

Jacques LORCEY, *L'Homme de chez Maxim's : Feydeau*, t. 1 et 2, éditions Séguier, 2005.

… et le théâtre

Martine DAVID, *Le Théâtre*, Belin, 1995.

André DEGAINE, *Histoire dessinée du théâtre*, Nizet, 1994.

Françoise SPIESS, *Le Théâtre en coulisses*, « Entrer en matière », Gallimard Éducation, 2001.

L'écrivain à sa table de travail

Vers le vaudeville

1.

Quelque part entre naturalisme et symbolisme ?

Au moment où Feydeau écrit *Feu la mère de Madame*, deux grands courants se disputent les scènes théâtrales dites sérieuses : le naturalisme et le symbolisme.

1. *Le naturalisme*

Le naturalisme, c'est la volonté de rendre compte par l'art, de la réalité sociale de son temps, de montrer que chaque individu est déterminé par son milieu. Pour cela, l'artiste observe tous les univers sociaux et culturels. Après avoir conquis le roman, le naturalisme s'étend au domaine du théâtre. Ainsi Zola fait-il jouer des adaptations de ses œuvres romanesques. Le naturalisme au théâtre, dit-il, « c'est un fait se déroulant dans sa réalité et soulevant chez les personnages des passions et des sentiments, dont l'analyse exacte serait le seul intérêt de la pièce. Et cela dans le milieu contemporain avec le peuple qui nous entoure ».

L'ouverture du Théâtre-Libre par Antoine en 1887 apporte au théâtre naturaliste la scène qui lui manquait. Désormais, à bas les conventions du théâtre romantique et des drames bourgeois ! Naturel, vérité et portée sociale sont les seuls éléments à prendre en compte. Il s'agit de cadrer toute la société et on assiste donc à une véritable exploration des milieux sociaux. Tous les lieux sont étudiés, de la gare aux halles en passant par le champ de courses ! Le naturalisme au théâtre, sans doute à cause de cette volonté d'enquête sociologique, n'a pas donné de grandes œuvres, tout du moins en France, mais il a permis, grâce à Antoine, l'invention du metteur en scène.

2. *Le symbolisme*

En réaction contre le naturalisme développé par Antoine, naît un nouveau mouvement : le symbolisme. Il privilégie une forme essentiellement poétique et musicale. Maurice Maeterlinck (1862-1949), un grand auteur symboliste belge qui explore les mystères poétiques et troublants de notre inconscient, déclare : « Nous voulons faire connaître des œuvres où l'idée seule dominera. » Au théâtre, le symbolisme demande la synthèse des arts. Ainsi peintres, musiciens et comédiens s'uniront pour illustrer des entités philosophiques. On comprend donc bien l'apport du symbolisme dans la découverte de la mise en scène enfin conçue comme une coordination des arts et techniques qui constituent un spectacle de théâtre. Le théâtre symboliste marque également dans l'écriture le retour aux mythes fondateurs de l'humanité.

3. *Où se situe Feydeau ?*

Les pièces de Feydeau sont construites autour d'un petit fait initial qui provoque une série de rebondissements en cascade. Les personnages sont pris dans un enchevêtrement d'événements qui ne leur laissent jamais le temps de la réflexion. Les péripéties s'enchaînent à un rythme soutenu. Certes, l'œuvre invite avant tout au rire ! Pourtant, cela n'exclut pas une vérité humaine de chacun des personnages, ni un portrait au vitriol de la bourgeoisie de la fin du XIXe siècle. Le naturalisme n'est donc pas si loin ! Au dénouement, le regard que porte le spectateur sur la nature humaine ne pourra être que désabusé. L'ironie décapante du texte n'est pas loin du délire d'*Ubu Roi* d'Alfred Jarry créé la même année que *Le Dindon* de Feydeau. On voit donc que, si Feydeau se veut amuseur, son théâtre n'est pas éloigné des préoccupations qui sont celles des mouvements littéraires de son temps. De plus, l'impossibilité pour les personnages de communiquer, en particulier à l'intérieur du couple, les jeux de langage, l'univers régi par une logique absurde, tout cela semble déjà annoncer deux grands dramaturges du XXe siècle, Eugène Ionesco et Samuel Beckett.

2.

Feydeau, auteur de vaudevilles ?

1. *Qu'est-ce qu'un vaudeville ?*

Lorsque Feydeau écrit *Feu la mère de Madame* en 1907, il porte à son sommet l'art du vaudeville. Pourtant, pour désigner son théâtre, Feydeau préférait le terme de

« pièce » à celui de vaudeville qui lui était fréquemment accolé. Mais qu'est-ce qu'un vaudeville ? Le vaudeville est à l'origine une chanson populaire satirique, gaie et grivoise, créée au début du XVe siècle par le poète normand Olivier Basselin qui lui aurait donné le nom de sa région, Les Vaux-de-Vire, devenu « vaudeville », peut-être par contamination avec l'expression « voix de ville », puisque le vaudeville était chanté à Paris sur le Pont-Neuf. Les airs étaient donc connus et servaient de partition aux chansons interprétées dans « les comédies à vaudeville » qui, à leur tour, furent appelées « vaudevilles » au XIXe siècle. À cette époque, il s'agit d'opérettes. Puis le vaudeville perdit peu à peu ses chansons et le terme désigna une comédie légère qui souvent mettait en scène un adultère ou, tout du moins, des quiproquos et des complications amoureuses ou conjugales.

Le lieu, Théâtre du Vaudeville, ouvre en 1792. À l'origine, simple divertissement, on trouve dans le genre, à mesure qu'il se développe, psychologie et critique sociale. Eugène Scribe (1791-1861) est le premier à lui donner ses lettres de noblesse en imposant une construction rigoureuse de la pièce. Et Eugène Labiche lui donne le rythme endiablé qui sera aussi celui des pièces de Feydeau.

La mécanique du vaudeville est implacable : chaque réplique est un accident imprévu dans le parcours du personnage. Rencontres inattendues, rapprochement de situations incompatibles, coïncidences, dérèglements du comportement, poursuites semées d'embûches, accumulation d'aventures, oublis, pertes… tout laisse le personnage éberlué et participe à la cocasserie et à la folie du genre.

2. *Qu'est-ce que le théâtre de boulevard ?*

Après Feydeau, le genre s'affadit et s'apparente au théâtre de boulevard. La paroi ne sera d'ailleurs jamais vraiment étanche entre vaudeville et théâtre de boulevard, même s'il existe aussi, à côté du boulevard écrit pour faire rire, un boulevard mélodramatique.

La comédie de boulevard naît sous Louis-Philippe et s'épanouit sous le second Empire. Elle est d'abord identifiée par le milieu social dans lequel se passe l'action : la famille bourgeoise, avec ses problèmes de mariage et d'argent ! La psychologie des personnages est simple et l'action se déroule selon des ficelles bien connues du public qui n'est jamais dérouté, juste surpris par les quiproquos et les rebondissements. Le boulevard ne s'intéresse aux hommes que sous l'angle de leur vie privée. Il est aussi caractérisé par son langage : mots d'esprit, pirouettes verbales, calembours, détournement d'expressions toutes faites, effets de rimes, tout ce qui peut faire « double sens » et provoquer le rire est utilisé.

Avant la Seconde Guerre mondiale, le théâtre de boulevard aura même une dimension satirique, voire politique. Dans sa période faste, jusqu'aux années 1930, les comédiens du boulevard sont adulés du public. Puis le cinéma menace ce divertissement populaire. Le théâtre de boulevard, toujours joué même s'il a perdu de son importance, est plutôt perçu aujourd'hui comme un pur divertissement vaguement érotique, avec coups de théâtre et jeux de mots.

Quand Feydeau écrit *Feu la mère de Madame,* il a derrière lui une œuvre importante qui lui a apporté le succès. Il s'est fait une spécialité des pièces désopilantes où tout se détraque. Mais il va changer de style. Sa pièce, plus courte qu'à l'accoutumée — elle sera programmée d'ailleurs avec d'autres courtes pièces écrites à la même époque —, repose, certes, sur un quiproquo puisque Joseph se trompe de porte en venant annoncer la mort de la mère de Madame, mais le ressort essentiel tient sur autre chose : un couple mal assorti, déjà désuni après seulement deux ans de mariage !

3.

Une peinture de la société bourgeoise de son temps

1. *Des rapports humains sous le signe de la petitesse*

Cette peinture se fait d'abord dans les descriptions données dans les didascalies qui, comme dans le théâtre naturaliste, sont d'une grande précision. À travers le choix des objets qui ornent le salon, les éventails japonais par exemple, c'est toute l'atmosphère de l'univers petit-bourgeois que le spectateur peut respirer. Et quand une didascalie précise : « Pendant ce temps, Lucien a refermé la porte d'entrée, on l'entend qui assujettit la chaîne de sûreté », on voit se dessiner les habitudes sécuritaires de ce couple d'une bourgeoisie mesquine et apeurée — d'ailleurs Yvonne fait dormir la bonne dans la chambre de son mari quand il n'est pas là car elle a peur !

La mécanique des pièces de Feydeau, tout aussi implacables que celle de ses prédécesseurs, sert aussi à révéler la mesquinerie des personnages, leur côté pinailleur et acariâtre, notamment s'agissant d'Yvonne. Ainsi dans ce qui suit, et qui est hilarant, on voit que la femme est prête à toutes les bassesses pour prendre son mari en faute :

> YVONNE : Je suis sûre qu'il doit être des heures ! !…
> LUCIEN, *sans conviction* : Oh ! non, il est à peine…
>
> *À ce moment précis, la pendule de la cheminée se met à sonner quatre coups.*
>
> YVONNE, *lui coupant la parole* : Attends ! (*Tous deux prêtent l'oreille, Lucien avec une certaine grimace. Une fois les quatre coups sonnés, Yvonne avec un rictus aux lèvres :*) Quatre heures dix !
> LUCIEN : Comment, « dix » !
> YVONNE, *coupante* : Évidemment ! La pendule retarde de dix minutes !

Cette analyse sociologique met aussi en relief le traitement réservé aux domestiques : Annette est réveillée à chaque instant selon le bon plaisir de ses maîtres. Certes, elle est ridicule avec son accent alsacien et ses nattes serrées qui se dressent en l'air, mais on sent tout de même poindre en elle une révolte contre ce qu'on lui fait subir, et elle n'est pas loin de partir ! Quant à Joseph, on ne se gêne guère devant lui ni avec lui ! Yvonne se déshabille, Lucien lui demande de l'habiller et, lorsque la méprise de Joseph est découverte, il est renvoyé avec des insultes !

Le rôle des femmes est minutieusement observé ; et si Yvonne se met à soigner son mari avec un dévouement excessif quand il a mal à l'estomac, c'est bien sûr pour le culpabiliser, mais c'est aussi parce qu'elle se plie alors au rôle que la société de ce début de siècle assigne à la femme qui est sans travail, corvéable à merci au sein de son foyer. Sur le mode comique, Feydeau dit lui aussi ce que dit Ibsen dans *Maison de poupée* (1879) : la femme est essentiellement « décorative », elle n'a pas de vie propre ! Elle est d'ailleurs inculte ! Et si l'inculture d'Yvonne — qui confond Louis XIV et Louis XV, l'entérite et Amphitrite — est avant tout source de comique, elle montre bien, cependant, que la femme est maintenue dans l'ignorance. Pas étonnant que les époux n'aient plus rien à se dire après deux ans de mariage !

Devant le spectateur, c'est donc une vision de l'homme extrêmement noire qui se dévoile : égocentrisme, indifférence au malheur d'autrui, goujaterie, mesquinerie, hypocrisie, voilà quelques-uns des défauts dont Feydeau affuble ses personnages, et tout particulièrement Lucien. Pourtant, la différence entre le théâtre naturaliste et le théâtre de Feydeau est notable : Feydeau n'est jamais démonstratif. C'est à travers des petits riens que se dessine cette peinture au vitriol de la société bourgeoisie dont, d'ailleurs, il faisait partie.

2. *Une analyse cruelle des rapports conjugaux*

Au-delà de l'univers bourgeois, c'est le couple que Feydeau observe. Le comique verbal est loin d'être fortuit ou, juste divertissant, il révèle la mésentente des époux, leur impossibilité à se comprendre. Ainsi dans la scène 1 :

> LUCIEN, *sur un ton confus* : Je t'ai réveillée ?
> YVONNE, *sur un ton coupant* : Évidemment, tu m'as réveillée ! Tu ne penses pas que je t'ai attendu jusqu'à cette heure-ci ?
> LUCIEN, *bien sincèrement, comme soulagé, tout en pivotant pour aller vers la cheminée afin d'y déposer son bougeoir* : Ah ! tant mieux !

> *Il fait mine de souffler sa bougie, mais s'arrête à la voix d'Yvonne.*
>
> YVONNE : Comment, « tant mieux » Tu es content de m'avoir éveillée ?

Cet échange est drôle, mais il montre aussi à quel point les deux époux ne sont pas sur la même longueur d'onde.

Cette impossibilité à s'entendre peut même aller jusqu'à la cruauté, mentale comme physique. Par exemple, dans la scène 1 : « Yvonne, *brusquement lui envoyant à travers la couverture un coup de genou dans la hanche* » ; et dans la scène 2 : « Yvonne [...] *lui envoyant un coup de pied à travers la couverture* ». Certes il s'agit là de jeux de scène destinés à déclencher le rire des spectateurs, mais ils expriment aussi la violence des rapports conjugaux. Ce qui régit les relations entre époux, outre cette violence (sans la moindre compassion, Lucien fait remarquer à sa femme que ses seins sont en portemanteau ! drôle, certes, mais blessant !), c'est le désir de culpabiliser l'autre, de l'infantiliser aussi.

Les didascalies sont très éclairantes : dans le choix des adverbes qui rendent compte de l'état des deux personnages apparaissent à la fois le caractère piteux de l'un et acariâtre de l'autre, et le mépris réciproque. Ainsi à la scène 1, lorsque Lucien arrive sur scène après sa soirée aux Quat'z'arts, il a « une voix piteuse », « un ton confus », « un ton minable », il est « piteux », « décidé à toutes les concessions », « ahuri », « étonné », « interloqué ». Face à lui, Yvonne a « un ton coupant », est « coupante », « rageuse », « narquoise », « pincée », « indignée », elle parle « avec humeur », « avec un profond dédain », elle crie.

L'ordinaire de leurs rapports est ponctué de grossièretés : « Fous-moi la paix », déclare Lucien à sa femme à la scène 2. Pas de douceur dans tout ça ! Et pourtant la morale bourgeoise doit être sauve ! Ainsi, pas question que les amis qui viennent le lendemain soient mis au courant des dissensions dans le couple, pas question donc qu'Yvonne ne les prenne à témoin de la beauté de ses seins ! Derrière cette proposition loufoque, c'est toutes les conventions qui régissent la bourgeoisie du début du XXe siècle qui sont fustigées.

Ce qui caractérise aussi les relations entre époux, c'est la technique de la répétition utilisée par Feydeau : la scène de ménage est reprise en boucle, on a l'impression qu'elle ne s'arrêtera jamais. Ainsi, à la scène 4, la dernière réplique d'Yvonne est : « Il dit que j'ai les seins en portemanteau... » Et ces points de suspension contiennent toutes les scènes de ménage à venir ! À n'en pas douter, Yvonne ressassera l'épisode des seins en portemanteau et le réutilisera contre Lucien. Tous les prétextes sont bons pour une scène de ménage !

3. *Feydeau metteur en scène*

Les didascalies sont d'une précision maniaque qui révèle combien Feydeau craignait d'être trahi quand la pièce était portée à la scène. Par exemple, la première didascalie de la scène 1 indique : « *Attendre cinq secondes après le lever du rideau et sonner une fois* » et : « *Compter jusqu'à dix après la première sonnerie, puis sonner à nouveau une fois* », plus loin : « Yvonne, *qui est couchée sur le côté gauche* » ou encore : « *N'ayant pas le temps d'enfiler son peignoir, elle se le jette autour du cou comme un cache-nez.* » On voit bien par cette extrême minutie apportée aux didascalies que Feydeau est un homme de théâtre complet, qu'il connaît et a compris ce qu'est la scène.

Ces précisions permettent de mettre au jour à côté d'un comique de situation ou d'un comique verbal, un comique gestuel. Cette attention aux déplacements des acteurs, à leur gestuelle, trouve un écho dans les théories des premiers metteurs en scène, tant Antoine que Stanislavski, par exemple. La modernité du texte se retrouve jusque dans la disposition de certaines didascalies qui miment le jeu de scène, telles qu'on pourra le retrouver dans le théâtre contemporain : à la fin de la scène 2 une didascalie, « *Tout ceci les uns sur les autres* », lie verticalement ces quatre répliques :

> LUCIEN : Voulez-vous aller ouvrir ! espèce de tête carrée.
> YVONNE : Mais allez donc ! mais allez donc !
> ANNETTE, *poussée dans le vestibule* : Oui, mais on paiera mon livre !
> LUCIEN : Oh ! cette bonne ! cette bonne !

4.

L'art du comique

1. *Le détail déclenche le rire : un comique visuel*

Feydeau a l'art du détail qui tue et emporte le rire du spectateur. Il en est ainsi du bord du chapeau d'où, à la scène 1, « *s'échappe une rigole d'eau* », ou encore du costume de Lucien : Feydeau, non content de l'avoir affublé d'un costume Louis XIV de fantaisie parfaitement ridicule, et qui dit beaucoup des ambitions cachées du personnage, lui flanque par-dessus un imperméable crotté de boue « qui ne descend pas plus bas que le bas des hanches » ! Et voilà le pauvre Lucien trempé et maladroit, « *les mains empêtrées de son bougeoir allumé* » ! Yvonne n'échappe pas à ces détails grotesques. À la scène 3, « Yvonne [...] *fait des grimaces de la bouche, comme quelqu'un qui a de l'empois sur la figure* ». On pourrait multiplier les exemples de cet art du détail comique.

Le comique visuel, celui de la farce parfois la plus grossière, est très présent dans le texte. Lucien qui se réchauffe à une cheminée sans feu, par habitude ! ce qui montre le grain de folie du personnage, rongé par les gestes quotidiens. Un autre exemple digne des Marx Brothers ou de Charlie Chaplin : Lucien s'assoit sur Annette endormie, à la scène 2.

2. *Une langue comique*

Feydeau, s'il joue sur un comique visuel, manie avant tout un langage fait de jeux de mots et de trouvailles drôles. Le jeu de mots est un ressort comique courant dans le texte. À propos du chapeau qui dégoutte :

> YVONNE : Ne pas même voir qu'il rigole !
> LUCIEN, *en sortant* : Il a bien de la chance !

Voici un autre jeu de mots entre Louis XIV (Yvonne vient de mélanger Louis XIV et Louis XV) et le louis, pièce de monnaie de ce temps-là : « Yvonne : Tu vas me chicaner pour un Louis et, quand il s'agit de ton plaisir, tu n'y regardes pas » (scène 2).

Encore un autre jeu de mots autour... du Roi-Soleil ! : « Yvonne : Te mettre en Roi-Soleil... par un temps de pluie ! » (scène 2). Et voici un dernier exemple tiré de la même scène, lorsque Lucien a mal à l'estomac, Yvonne lui assène en évoquant le très onéreux repas qu'il a partagé avec ses amis : « Non, vrai, à ta place, je l'aurais sur l'estomac. » Et il répond : Mais je l'ai, nom de D... ! Je l'ai. »

La logique des répliques est implacable : lorsque Yvonne manifeste son désir de montrer ses seins aux invités, l'échange est le suivant :

> LUCIEN, *scandalisé* : Non, mais tu es folle ?
> YVONNE : Pourquoi donc ? Tu dis toi-même que ce n'est pas inconvenant.
> LUCIEN, *avec force* : Ce n'est pas inconvenant, quand on est toute nue !
> YVONNE, *du tac au tac* : Eh bien ! Je me mettrai toute nue !

À la mauvaise foi de Lucien, Yvonne réplique par une logique imparable ! Elle fait preuve de la même logique lorsqu'elle s'écrie — alors que Lucien vient de dire « J'aimerais vomir » —, « Je ne t'ai pas épousé pour ça ! »

L'enchaînement des situations comme des répliques est d'une étourdissante rapidité. Voici comment Lucien met à la porte Joseph, le messager malheureux de la fausse mort de la mère de Madame (scène 3) :

> LUCIEN, *qui est resté sur le pas de la porte, continuant à invectiver Joseph que le public ne voit plus, pas plus qu'Yvonne* : Foutez le camp !... Foutez le camp !... Foutez le camp !... Foutez le camp !... Foutez le camp !... *(Chaque « Foutez le camp ! » doit être espacé de deux secondes. Dans chaque intervalle, on entend un « Oh ! » indigné d'Yvonne. À tout cela se mêlent les protestations de Joseph, le bruit de la porte d'entrée qu'on ouvre, puis qu'on referme bruyamment sur le dos de quelqu'un. Lucien redescendant, et comme un dernier grognement qui ne s'adresse plus à personne.)* Foutez le camp !

3. *L'humour noir*

Même la mort fait rire avec Feydeau. À la scène 3, Joseph a du mal à annoncer la nouvelle :

> JOSEPH : Et, quand je dis malade, c'est une façon de parler ; parce que, à vrai dire, elle est plutôt… elle est plutôt…
>
> YVONNE, *la gorge serrée* : quoi, quoi ? Qu'est-ce qu'elle est plutôt ?…
>
> JOSEPH : Elle est plutôt… *(Relevant la tête et très piqué :)* morte !

À la scène 3, l'humour noir trouve son apogée dans la muflerie de Lucien, reprochant à Joseph d'être venu annoncer la mort de sa belle-mère en pleine nuit : « D'ici demain matin… elle ne se serait pas envolée !… et au moins, Madame n'aurait pas eu sa nuit troublée !… *(Un demi-ton plus bas :)* ni moi non plus ! » Et le rire continue en cascade puisque Joseph réplique naïvement : « Je suis désolé, monsieur ! la prochaine fois, je saurai. »

Humour noir encore lorsque Lucien console sa femme de la perte de sa mère en lui disant : « Songe combien ta pauvre maman souffrait de ses rhumatismes ! », ou encore, quand il s'exclame avec un égocentrisme confondant : « Eh ! bien, maintenant elle ne souffre plus ! et tandis que nous sommes là à la pleurer… *(avec un fond de rancune :)* debout ! Elle repose elle !… Elle est bien heureuse ! », ou encore lorsqu'il apprend, furieux, que sa belle-mère n'est pas morte : « Eh ! bien ! la voilà ta mère ! Voilà ce qu'elle nous a fait Ta mère ! […] Oui ! qu'est-ce que je dirai au tapissier, moi, maintenant ?… Quand il apprendra que ta mère n'a jamais été morte ? Que tout ça c'était une blague ? »

Humour noir aussi, digne de la scène du *Tartuffe* de Molière où Orgon s'exclame après chaque plat dont Tartuffe s'est goinfré : « le pauvre homme ! », quand Joseph rapporte le moment de la mort de la mère de Madame : « Elle avait mangé de bon appétit à dîner : deux tranches de gigot... », ce à quoi Yvonne réplique, *« avec émotion, les yeux au ciel »*, précise Feydeau : « Deux tranches de gigot ! »

5.

Un théâtre érotique

La charge érotique est très présente dans le texte. En cela, Feydeau est totalement fidèle au genre du vaudeville. La scène de ménage, due au retour tardif du mari, s'amplifie quand Lucien, maladroitement, dira à sa femme que le modèle qu'il a vu aux Quat'z'arts avait des seins plus beaux que les siens, qui sont « en portemanteau ». De ce détail grivois découlent des jeux de scène quasi érotiques : « *Dos au public, et face à Lucien, elle s'est campée devant lui, le devant de sa chemise ouvert et tenu écarté des deux mains.* »

Yvonne va faire allusion au désir d'adultère de Lucien : « Oh ! naturellement ! S'il s'agissait de coucher dans les draps du modèle tout nu, tu ferais moins le dégoûté... » À quoi « *Lucien, légèrement égrillard* » réplique : « Ben ! tiens ! », ce qui lui vaut un « Cochon ! » de la part de sa femme ! Le jeu érotique se poursuit à la scène 2 lorsque Yvonne se méprend sur un geste de son mari et lui signifie qu'il n'aura plus droit au devoir conjugal jusqu'à nouvel ordre : « Pas touche ! » Elle ajoutera ensuite, poursuivant son idée : « Ah ! non, ce serait trop raide que tu ailles t'exciter sur une autre et que ce soit moi après ça !... Ah ! non !... je ne joue pas les doublures, moi ! » Elle va jusqu'à prétendre qu'elle montrera sa gorge aux invités qui doivent venir le lendemain !

À la scène 3, c'est une véritable farce érotique qui se joue, quand Joseph, pour soulever Yvonne, qui vient de s'évanouir à l'annonce de la mort de sa mère, la prend à pleine poitrine, ce qui fait s'exclamer Lucien : « Mais qu'est-ce que vous faites là, vous ? » De même quand Yvonne s'habille et que Joseph l'observe derrière la portière au grand dam de Lucien !

Mettre en scène Feydeau

La marge du metteur en scène peut sembler étroite au regard des nombreuses et très précises didascalies qui indiquent des jeux de scène. Pourtant, le texte laisse suffisamment de zones d'ombre pour que le metteur en scène, sans s'écarter du texte, puisse trouver la voie d'une interprétation singulière. Feydeau est souvent monté depuis la fin du XXe siècle jusqu'à nos jours, sans doute parce que la cruauté et l'inquiétude sur une société qui perd tous ses repères, sont des préoccupations d'aujourd'hui. Les metteurs en scène s'appliquent ainsi à souligner le côté sombre de Feydeau, la violence et la folie de ses pièces.

Pour aller plus loin

Henri GIDEL, *Le Vaudeville*, « Que sais-je », PUF, 1986.

Groupement de textes thématique

La dispute conjugale

LA DISPUTE CONJUGALE est depuis l'aube du théâtre un thème souvent exploré. Il faut dire qu'il est particulièrement « théâtral » puisqu'il s'agit d'un affrontement entre deux personnes. Le groupement qui suit part du Moyen Âge avec une farce du XVe siècle, *La Farce de maître Pathelin*, regarde du côté de Molière avec *Le Médecin malgré lui*, s'égare chez les grands seigneurs, tant il est vrai que la scène de ménage se rencontre dans tous les milieux sociaux et à toutes les époques, dans *Le Mariage de Figaro* de Beaumarchais, se termine avec un texte d'un auteur comique allemand du XXe siècle, Karl Valentin.

La Farce de Maître Pathelin (vers 1464)

(Trad. de Michel Rousse,
« Folioplus classiques » no 146)

Pathelin est sans le sou, pourtant il se vante auprès de sa femme d'être le meilleur avocat du monde et lui promet de lui rapporter une pièce de tissu pour qu'ils se taillent des habits dedans. Guillemette est un peu lasse des fanfaronneries de son mari et de ses tromperies…

MAÎTRE PIERRE *commence* : Sainte Marie[1] ! Guillemette, malgré mes efforts pour barboter et chiper, rien à faire, nous n'amassons rien. Il fut pourtant un temps où je faisais l'avocat.
GUILLEMETTE : Par Notre Dame, dont on a plein la bouche dans les plaidoiries, j'y songeais ; c'est que le renom de votre habileté s'est envolé. Il fut un temps où chacun voulait vous avoir pour gagner son procès ; à présent, on vous appelle partout avocat de quatre sous.
PATHELIN : Je ne le dis sûrement pas pour me vanter, mais il n'y a pas, dans la contrée où nous tenons notre permanence, de personne plus habile, hormis le maire.
GUILLEMETTE : C'est qu'il a lu le grimoire et qu'il a été longtemps aux études.
PATHELIN : Voyez-vous quelqu'un que je ne tire d'embarras, si je veux m'y mettre ? Et pourtant je n'ai jamais appris le latin que bien peu ; mais j'ose me vanter que je sais aussi bien chanter au lutrin avec notre prêtre que si j'avais été à l'école aussi longtemps que Charlemagne en Espagne.
GUILLEMETTE : Et qu'est-ce que ça nous rapporte ? pas un clou. Nous mourons tout bonnement de faim, nos vêtements sont élimés jusqu'à la trame, et nous sommes bien en peine de savoir comment nous pourrions en avoir. Alors à quoi bon toute votre science ?
PATHELIN : Taisez-vous ! Par mon âme, si je veux faire travailler mes méninges, je saurai bien où en trouver, des vêtements et des chaperons !
S'il plaît à Dieu, nous nous en tirerons et nous serons bientôt remis sur pied. Que diable, Dieu va vite en besogne ! S'il faut que je m'emploie à faire montre de mes talents, on ne saura trouver mon égal.
GUILLEMETTE : Par saint Jacques, sûrement pas pour ce qui est de tromper : vous en êtes parfaitement maître.

1. Sainte Marie : contrairement à celles qui sont adressées aux autres saints, les invocations à la Sainte Vierge ne semblent pas comporter d'intention comique particulière.

PATHELIN : Par ce Dieu qui me fit naître, c'est du bel art de plaider que je parle !

GUILLEMETTE : Par ma foi, non de tromper ! Je m'en rends bien compte puisqu'à vrai dire, sans instruction et sans bon sens, vous passez pour l'une des têtes les plus habiles qui soit dans toute la paroisse.

PATHELIN : Personne ne s'y connaît mieux dans l'art de plaider.

GUILLEMETTE : Mon Dieu ! oui, dans l'art de tromper, c'est en tout cas votre réputation.

PATHELIN : C'est aussi celle de ceux qui sont vêtus de velours et de satin, qui prétendent qu'ils sont avocats, mais ils ne le sont point pour autant. Laissons là ce bavardage, je veux aller à la foire.

GUILLEMETTE : À la foire ?

PATHELIN : Par saint Jean, oui, à la foire ! Belle acheteuse, vous déplaît-il que j'achète de l'étoffe ou quelque autre colifichet qui soit utile pour notre ménage ? Nous n'avons pas d'habit qui vaille.

GUILLEMETTE : Vous n'avez pas un sou : qu'allez-vous faire là-bas ?

PATHELIN : Vous ne le savez pas, belle dame ? Si je ne vous rapporte largement assez d'étoffe pour nous deux, alors, allez-y ! traitez-moi de menteur. Quelle couleur vous paraît la plus belle ? un gris-vert ? une étoffe de brunette ? une autre couleur ? Il faut que je le sache.

GUILLEMETTE : Celle que vous pourrez avoir. Qui emprunte ne choisit pas.

PATHELIN *(en comptant sur ses doigts)* : Pour vous, deux aunes et demie, et pour moi, trois, ou même quatre ; ce qui fait…

GUILLEMETTE : Vous comptez large ! Qui diable vous en fera crédit ?

PATHELIN : Que vous importe qui ce sera ? On va vraiment m'en faire crédit, et je paierai au jour du Jugement dernier, sûrement pas avant !

GUILLEMETTE : Et allez donc, mon ami ! de la sorte, il sera bien attrapé.

PATHELIN : J'achèterai ou du gris ou du vert, et pour

une chemise, Guillemette, il me faut trois quarts d'aune de brunette ou même une aune.

GUILLEMETTE : Dieu me vienne en aide, oui ! Allez et n'oubliez pas de boire si vous trouvez Jean Crédit.

PATHELIN *(s'éloignant)* : Faites bonne garde !

GUILLEMETTE : Hé Dieu, le bel acheteur ! Plût à Dieu qu'il n'y vît goutte !

(Action I, scène 1.)

MOLIÈRE (1622-1673)

Le Médecin malgré lui (1666)

(« Folioplus classiques » n° 20)

Dans cet extrait nous assistons à une scène de ménage entre les deux personnages. Le motif ? Essentiellement l'argent que Sganarelle boit plus qu'il ne le gagne !

SGANARELLE : Non, je te dis que je n'en veux rien faire, et que c'est à moi de parler et d'être le maître.

MARTINE : Et je te dis, moi, que je veux que tu vives à ma fantaisie, et que je ne me suis pas mariée avec toi pour souffrir tes fredaines.

SGANARELLE : Ô la grande fatigue que d'avoir une femme ! et qu'Aristote a bien raison, quand il dit qu'une femme est pire qu'un démon !

MARTINE : Voyez un peu l'habile homme, avec son benêt d'Aristote !

SGANARELLE : Oui, habile homme. Trouve-moi un faiseur de fagots qui sache, comme moi, raisonner des choses, qui ait servi six ans un fameux médecin, et qui ait su dans son jeune âge son rudiment par cœur.

MARTINE : Peste du fou fieffé !

SGANARELLE : Peste de la carogne !

MARTINE : Que maudit soit l'heure et le jour, où je m'avisai d'aller dire oui !

SGANARELLE : Que maudit soit le bec cornu de notaire qui me fit signer ma ruine !

MARTINE : C'est bien à toi, vraiment, à te plaindre de cette affaire. Devrais-tu être un seul moment sans rendre grâces au Ciel de m'avoir pour ta femme ? et méritais-tu d'épouser une personne comme moi ?
SGANARELLE : Il est vrai que tu me fis trop d'honneur, et que j'eus lieu de me louer la première nuit de nos noces. Hé ! morbleu ! ne me fais point parler là-dessus : je dirais de certaines choses…
MARTINE : Quoi ? que dirais-tu ?
SGANARELLE : Baste. Laissons là ce chapitre. Il suffit que nous savons ce que nous savons, et que tu fus bien heureuse de me trouver.
MARTINE : Qu'appelles-tu bien heureuse de te trouver ? Un homme qui me réduit à l'hôpital, un débauché, un traître, qui me mange tout ce que j'ai ?
SGANARELLE : Tu as menti : j'en bois une partie.
MARTINE : Qui me vend, pièce à pièce, tout ce qui est dans le logis.
SGANARELLE : C'est vivre de ménage.
MARTINE : Qui m'a ôté jusqu'au lit que j'avais.
SGANARELLE : Tu t'en lèveras plus matin.
MARTINE : Enfin qui ne laisse aucun meuble dans toute la maison.
SGANARELLE : On en déménage plus aisément.
MARTINE : Et qui, du matin jusqu'au soir, ne fait que jouer et que boire.
SGANARELLE : C'est pour ne me point ennuyer.
MARTINE : Et que veux-tu, pendant ce temps, que je fasse avec ma famille ?
SGANARELLE : Tout ce qu'il te plaira.
MARTINE : J'ai quatre pauvres petits enfants sur les bras.
SGANARELLE : Mets-les à terre.
MARTINE : Qui me demandent à toute heure du pain.
SGANARELLE : Donne-leur le fouet. Quand j'ai bien bu et bien mangé, je veux que tout le monde soit saoul dans ma maison.
MARTINE : Et tu prétends, ivrogne, que les choses aillent toujours de même ?

SGANARELLE : Ma femme, allons doucement, s'il vous plaît.

MARTINE : Que j'endure éternellement tes insolences et tes débauches ?

SGANARELLE : Ne nous emportons point, ma femme.

MARTINE : Et que je ne sache pas trouver le moyen de te ranger à ton devoir ?

SGANARELLE : Ma femme, vous savez que je n'ai pas l'âme endurante, et que j'ai le bras assez bon.

MARTINE : Je me moque de tes menaces.

SGANARELLE : Ma petite femme, ma mie, votre peau vous démange, à votre ordinaire.

MARTINE : Je te montrerai bien que je ne te crains nullement.

SGANARELLE : Ma chère moitié, vous avez envie de me dérober quelque chose.

MARTINE : Crois-tu que je m'épouvante de tes paroles ?

SGANARELLE : Doux objet de mes vœux, je te frotterai les oreilles.

MARTINE : Ivrogne que tu es !

SGANARELLE : Je vous battrai.

MARTINE : Sac à vin !

SGANARELLE : Je vous rosserai.

MARTINE : Infâme !

SGANARELLE : Je vous étrillerai.

MARTINE : Traître, insolent, trompeur, lâche, coquin, pendard, gueux, belître, fripon, maraud, voleur… !

SGANARELLE *(prend un bâton et lui en donne)* : Ah ! vous en voulez donc ?

MARTINE : Ah, ah, ah, ah !

SGANARELLE : Voilà le vrai moyen de vous apaiser.

(Acte I, scène 1.)

BEAUMARCHAIS (1732-1799)

Le Mariage de Figaro (1784)

(« Folioplus classiques » n° 128)

La comtesse, délaissée par son mari, se prépare, avec sa femme de chambre, Suzanne, à déguiser le jeune Chérubin que le comte vient de chasser. Le comte arrive. En homme suspicieux, il craint que sa femme ne cache un homme dans son cabinet et exige qu'on ouvre la porte. Mais la scène que le comte va faire à la comtesse se retournera finalement contre lui : il est ridicule parce qu'apparaît un peu plus loin Suzanne quand il croyait trouver Chérubin…

LE COMTE, *un peu sévère* : Vous n'êtes pas dans l'usage de vous enfermer !

LA COMTESSE, *troublée* : Je… je chiffonnais… oui, je chiffonnais avec Suzanne ; elle est passée un moment chez elle.

LE COMTE *l'examine* : Vous avez l'air et le ton bien altérés !

LA COMTESSE : Cela n'est pas étonnant… pas étonnant du tout… je vous assure… nous parlions de vous… elle est passée, comme je vous dis…

LE COMTE : Vous parliez de moi !… Je suis ramené par l'inquiétude : en montant à cheval, un billet, qu'on m'a remis, mais auquel je n'ajoute aucune foi, m'a… pourtant agité.

LA COMTESSE : Comment, monsieur ?… quel billet ?

LE COMTE : Il faut avouer, madame, que vous et moi sommes entourés d'êtres… bien méchants ! On me donne avis que dans la journée, quelqu'un que je crois absent doit chercher à vous entretenir.

LA COMTESSE : Quel que soit cet audacieux, il faudra qu'il pénètre ici ; car mon projet est de ne pas quitter ma chambre de tout le jour.

LE COMTE : Ce soir, pour la noce de Suzanne ?

LA COMTESSE : Pour rien au monde ; je suis très incommodée.

LE COMTE : Heureusement le docteur est ici. *(Le page fait tomber une chaise dans le cabinet.)* Quel bruit entends-je ?

LA COMTESSE, *plus troublée* : Du bruit ?

LE COMTE : On a fait tomber un meuble.

LA COMTESSE : Je n'ai rien entendu, pour moi.

LE COMTE : Il faut que vous soyez furieusement préoccupée !

LA COMTESSE : Préoccupée ! de quoi ?

LE COMTE : Il y a quelqu'un dans ce cabinet, madame.

LA COMTESSE : Hé… qui voulez-vous qu'il y ait, monsieur ?

LE COMTE : C'est moi qui vous le demande ; j'arrive.

LA COMTESSE : Hé mais… Suzanne apparemment qui range.

LE COMTE : Vous avez dit qu'elle était passée chez elle !

LA COMTESSE : Passée… ou entrée là ; je ne sais lequel.

LE COMTE : Si c'est Suzanne, d'où vient le trouble où je vous vois ?

LA COMTESSE : Du trouble pour ma camariste ?

LE COMTE : Pour votre camariste, je ne sais ; mais pour du trouble, assurément.

LA COMTESSE : Assurément, monsieur, cette fille vous trouble et vous occupe beaucoup plus que moi.

LE COMTE, *en colère* : Elle m'occupe à tel point, madame, que je veux la voir à l'instant.

LA COMTESSE : Je crois, en effet, que vous le voulez souvent ; mais voilà bien les soupçons les moins fondés…

(Acte II, scène 12.)

Karl VALENTIN (1882-1948)

« Dispute avec des mots aimables » (1940)

Le Grand Feu d'artifices

(Éditions théâtrales, 1996)

Ici, la dispute conjugale est particulièrement drôle dans la mesure où tout est inversé : les injures sont remplacées par des flatteries… et il est facile de comprendre ce qu'ils se disent en réalité !

ELLE : Laisse-moi tranquille !
LUI : Toi aussi !
ELLE : Je sais très bien l'heure qu'il est !
LUI : Moi aussi !
ELLE : Un autre homme passe sa nuit au bistrot et ne rentre qu'au petit matin, mais toi tu ne fais rien de tout ça, il n'y a qu'à la maison que tu es heureux !
LUI : Toi aussi c'est à la maison que tu es bien, près de moi !
ELLE : Et, bien sûr, tu t'en rends compte !
LUI : Tu as embelli chaque heure de ma vie !
ELLE : Tout comme toi ; et quand j'avais du chagrin, c'était toi qui lisais dans mes yeux tous mes désirs !
LUI : Oui, tu te souviens cette nuit d'été d'autrefois où nous étions assis seuls sur un banc ? Tu voulais rester et moi je voulais rester, et l'agent de police est arrivé et nous a demandé ce qu'on faisait là.
ELLE : Oui, et puis c'est toi qui as dit : Ah, laissez-nous donc tout seuls !
LUI : Oui, je me souviens et alors, Dieu merci, l'agent de police a été plus compréhensif et il est parti.
ELLE : Et c'est pourquoi je le redis sans cesse : si seulement j'en avais connu un autre que toi, que m'aurait-il apporté : rien que contrariétés et désagréments !
LUI : Ah, quand on te regarde comme ça. Tu es une — ah, je ne trouve pas mes mots — une chose tellement

charmante que je pourrais te regarder les yeux dans les yeux pendant des heures !

ELLE : Et bien sûr, tu ne sais que jeter à la face des gens des choses qui malheureusement sont vraies ! Mais cette chère madame ma belle-mère est bien la même sur monsieur son fils ; elle ne sait rien faire d'autre que me faire bonne figure et derrière mon dos elle chante mes louanges à qui mieux mieux ! En retour, je suis assez bonne pour lui faire laver tout mon linge, je lui fais faire tous les travaux de couture, sans réclamer un sou ; et c'est comme ça que je suis bru jusqu'au bout des ongles ! Tous les ans à Noël j'ai accepté qu'elle me fasse les plus beaux cadeaux sans dire un mot ; mais apparemment tout ceci est oublié !

LUI : Mais ma chère belle-mère à moi n'est pas en reste ! Combien de fois ne m'a-t-elle pas surpris en train de faire un faux pas — et elle ne t'en a rien dit ! Elle t'a tout caché !

ELLE : En voilà des confidences pleines de finesse ! Tu dis cela seulement pour que je t'aime encore plus que je ne t'aime déjà. Ce n'est pas avec des choses comme ça que tu me feras perdre mon calme, et si tu ne m'en fais pas voir de toutes les couleurs, je fais mes valises et je reste une fois pour toutes avec toi !

LUI : Tu n'as pas à te plaindre, ce n'est pas ce que je voulais dire. *(Il frappe du poing sur la table.)* Une fois pour toute je n'admets pas que tu me fasses des avances ! je t'ai embrassée au moins cent fois aujourd'hui. C'est largement suffisant pour une femme par jour !

ELLE : C'est un mensonge éhonté ! Tu es un être brutal et violent ; ça s'est vu le jour de ma fête quand tu m'as acheté ce manteau de fourrure hors de prix alors que je ne voulais qu'un simple loden.

LUI : Bon, voilà que tu me fais des reproches maintenant, mais je m'en souviendrai ! Le jour de ton anniversaire, pour ton impertinente modestie, je te donnerai cinq cents marks, comme ça tu pourras t'acheter ce que tu veux, et comme ça au moins je n'aurai plus à me réjouir de ta reconnaissance !

ELLE : Et bien sûr voilà de nouveau le même reproche, je te connais, j'ai l'habitude. À partir d'aujourd'hui, je n'admets pas que tu me fasses des avances, sinon je m'en vais te refroidir la plante des pieds. Je sais très bien qu'on dit chauffer les oreilles mais avec toi ça revient au même !

LUI : Eléonore, ne sois pas déraisonnable ! Pourquoi ne pas nous réconcilier ! À quoi bon toujours ces énervantes flatteries ? Envoyons-nous plutôt les grossièretés directement au visage en toute tranquillité !

ELLE : Oui, espèce de crétin ! Tu as raison ! Là, je suis tout de suite d'accord.

LUI : Et voilà, andouille, imbécile. Tu vois, comme ça, ça marche aussi !

Groupement de textes stylistique

L'absurde au théâtre

DEPUIS LABICHE ET FEYDEAU, l'absurde s'est installé dans le paysage théâtral, mais c'est avec *Ubu Roi* d'Alfred Jarry qu'il trouve ses lettres de noblesse. Ce n'est cependant qu'après la Seconde Guerre mondiale que l'appellation « théâtre de l'absurde » sera adoptée. Ce théâtre à la fois hilarant et désespéré est particulièrement celui d'Eugène Ionesco et de Samuel Beckett, auxquels on associe souvent Jean Genet.

Alfred JARRY (1873-1907)

Ubu Roi (1894)

(« La bibliothèque Gallimard » n° 60)

Dans ce extrait, l'absurde est dans la situation — Ubu décide de massacrer tous ceux qui ont quelque argent ou quelque pouvoir —, mais aussi dans le langage totalement décalé par rapport au contexte, souvent enfantin.

PÈRE UBU : Apportez la caisse à Nobles et le crochet à Nobles et le couteau à Nobles et le bouquin à Nobles ! ensuite, faites avancer les Nobles.

On pousse brutalement les Nobles.

MÈRE UBU : De grâce, modère-toi, Père Ubu.
PÈRE UBU : J'ai l'honneur de vous annoncer que pour enrichir le royaume je vais faire périr tous les Nobles et leur prendre leurs biens.
NOBLES : Horreur ! à nous, peuple et soldats !
PÈRE UBU : Amenez le premier Noble et passez-moi le crochet à Nobles. Ceux qui seront condamnés à mort, je les passerai dans la trappe, ils tomberont dans les sous-sols du Pince-Porc et de la Chambre-à-Sous, où on les décervellera. *(Au Noble :)* Qui es-tu, bouffre ?
LE NOBLE : Comte de Vitepsk.
PÈRE UBU : De combien sont tes revenus ?
LE NOBLE : Trois millions de rixdales.
PÈRE UBU : Condamné ! *(Il le prend avec le crochet et le passe dans le trou.)*
MÈRE UBU : Quelle basse férocité !
PÈRE UBU : Second Noble, qui es-tu ? *(Le Noble ne répond rien.)* Répondras-tu, bouffre ?
LE NOBLE : Grand-duc de Posen.
PÈRE UBU : Excellent ! excellent ! Je n'en demande pas plus long. Dans la trappe. Troisième Noble, qui es-tu ? tu as une sale tête.
LE NOBLE : Duc de Courlande, des villes de Riga, de Revel et de Mitau.
PÈRE UBU : Très bien ! très bien ! Tu n'as rien autre chose ?
LE NOBLE : Rien.
PÈRE UBU : Dans la trappe, alors. Quatrième Noble, qui es-tu ?
LE NOBLE : Prince de Podolie.
PÈRE UBU : Quels sont tes revenus ?
LE NOBLE : Je suis ruiné.
PÈRE UBU : Pour cette mauvaise parole, passe dans la trappe. Cinquième Noble, qui es-tu ?
LE NOBLE : Margrave de Thorn, palatin de Polock.
PÈRE UBU : Ça n'est pas lourd. Tu n'as rien d'autre ?
LE NOBLE : Ça me suffisait.
PÈRE UBU : Eh bien ! mieux vaut peu que rien. Dans la trappe. Qu'as-tu à pigner, Mère Ubu ?

MÈRE UBU : Tu es trop féroce, Père Ubu.

PÈRE UBU : Eh ! je m'enrichis. Je vais faire lire MA liste de MES biens. Greffier, lisez MA liste de MES biens.

LE GREFFIER : Comté de Sandomir.

PÈRE UBU : Commence par les principautés, stupide bougre !

LE GREFFIER : Principauté de Podolie, grand-duché de Posen, duché de Courlande, comté de Sandomir, comté de Vitepsk, palatinat de Polock, margraviat de Thorn.

PÈRE UBU : Et puis après ?

LE GREFFIER : C'est tout.

PÈRE UBU : Comment, c'est tout ! oh bien alors, en avant les Nobles, et comme je ne finirai pas de m'enrichir je vais faire exécuter tous les Nobles, et ainsi j'aurai tous les biens vacants. Allez, passez les Nobles dans la trappe. *(On empile les Nobles dans la trappe.)* Dépêchez-vous plus vite, je veux faire des lois maintenant.

PLUSIEURS : On va voir ça.

PÈRE UBU : Je vais d'abord réformer la justice, après quoi nous procéderons aux finances.

PLUSIEURS MAGISTRATS : Nous nous opposons à tout changement.

PÈRE UBU : Merdre. D'abord les magistrats ne seront plus payés.

MAGISTRATS : Et de quoi vivrons-nous ? Nous sommes pauvres.

PÈRE UBU : Vous aurez les amendes que vous prononcerez et les biens des condamnés à mort.

UN MAGISTRAT : Horreur.

DEUXIÈME : Infamie.

TROISIÈME : Scandale.

QUATRIÈME : Indignité.

TOUS : Nous nous refusons à juger dans des conditions pareilles.

PÈRE UBU : À la trappe les magistrats ! *(Ils se débattent en vain.)*

MÈRE UBU : Eh ! que fais-tu, Père Ubu ? Qui rendra maintenant la justice ?

PÈRE UBU : Tiens ! moi. Tu verras comme ça marchera bien.

MÈRE UBU : Oui, ça sera du propre.

PÈRE UBU : Allons, tais-toi, bouffresque. Nous allons maintenant, messieurs, procéder aux finances.

FINANCIERS : Il n'y a rien à changer.

PÈRE UBU : Comment, je veux tout changer, moi. D'abord je veux garder pour moi la moitié des impôts.

FINANCIERS : Pas gêné.

PÈRE UBU : Messieurs, nous établirons un impôt de dix pour cent sur la propriété, un autre sur le commerce et l'industrie, et un troisième sur les mariages et un quatrième sur les décès, de quinze francs chacun.

PREMIER FINANCIER : Mais c'est idiot, Père Ubu.

DEUXIÈME FINANCIER : C'est absurde.

TROISIÈME FINANCIER : Ça n'a ni queue ni tête.

PÈRE UBU : Vous vous fichez de moi ! Dans la trappe les financiers ! *(On enfourne les financiers.)*

MÈRE UBU : Mais enfin, Père Ubu, quel roi tu fais, tu massacres tout le monde.

PÈRE UBU : Eh merdre !

MÈRE UBU : Plus de justice, plus de finances.

PÈRE UBU : Ne crains rien, ma douce enfant, j'irai moi-même de village en village recueillir les impôts.

(Acte III, scène 2.)

Eugène IONESCO (1909-1994)
La Cantatrice chauve (1950)
(« Classicolycée » n° 20)

Mme Martin raconte une anecdote banale à son mari et à ses amis les Smith, ce qui va déclencher pourtant le plus grand des étonnements chez ses interlocuteurs. C'est cette inversion absurde (s'étonner de la banalité et ailleurs dans la pièce échanger des répliques incompréhensibles le plus naturellement du monde) qui provoque le rire.

M. MARTIN *(à sa femme)* : Dis, chérie, qu'est-ce que tu as vu aujourd'hui ?

MME MARTIN : Ce n'est pas la peine, on ne me croirait pas.
M. SMITH : Nous n'allons pas mettre en doute votre bonne foi !
MME SMITH : Vous nous offenseriez si vous le pensiez.
M. MARTIN *(à sa femme)* : Tu les offenserais, chérie, si tu le pensais…
MME MARTIN *(gracieuse)* : Eh bien j'ai assisté aujourd'hui à une chose extraordinaire. Une chose incroyable.
M. MARTIN : Dis vite, chérie.
M. SMITH : Ah ! On va s'amuser.
MME SMITH : Enfin !
MME MARTIN : Eh bien aujourd'hui, en allant au marché pour acheter des légumes qui sont de plus en plus chers…
MME SMITH : Qu'est-ce que ça va devenir !
M. SMITH : Il ne faut pas interrompre, chérie, vilaine.
MME MARTIN : J'ai vu, dans la rue, à côté d'un café, un monsieur convenablement vêtu, âgé d'une cinquantaine d'années, même pas, qui…
M. SMITH : Qui, quoi ?
MME SMITH : Qui, quoi ?
M. SMITH *(à sa femme)* : Faut pas interrompre chérie, tu es dégoûtante.
MME SMITH : Chéri, c'est toi, qui as interrompu le premier, mufle.
M. MARTIN : Chut ! *(à sa femme)* : Qu'est-ce qu'il faisait, le monsieur ?
MME MARTIN : Eh bien, vous allez dire que j'invente, il avait mis un genou par terre et se tenait penché.
M. MARTIN, M. SMITH, MME SMITH : Oh !
MME MARTIN : Oui, penché.
M. SMITH : Pas possible.
MME MARTIN : Si, penché. Je me suis approchée de lui pour voir ce qu'il faisait…
M. SMITH : Eh bien ?
MME MARTIN : Il nouait les lacets de sa chaussure qui s'étaient défaits.
LES TROIS AUTRES : Fantastique !

M. SMITH : Si ce n'était pas vous, je ne le croirais pas.
MME MARTIN : Pourquoi pas ? On voit des choses encore plus extraordinaires, quand on circule. Ainsi, aujourd'hui, moi-même, j'ai vu dans le métro, assis sur une banquette, un monsieur qui lisait tranquillement son journal.
MME SMITH : Quel original !
M. MARTIN : C'était peut-être le même !

(Scène 7.)

Samuel BECKETT (1906-1989)

En attendant Godot (1953)

(Éditions de Minuit)

Deux clochards en quête d'un personnage qui n'arrive jamais ont rencontré Pozzo qui tient en laisse son serviteur, Lucky, qui porte les bagages de son maître. Vladimir et Estragon demandent à Pozzo pourquoi Lucky ne les pose pas par terre. L'absurde naît de l'écart qui existe entre les relations monstrueuses que Pozzo entretient avec Lucky et la façon dont elles sont relatées.

POZZO : C'est parfait. Tout le monde y est ? Tout le monde me regarde ? *(Il regarde Lucky, tire sur la corde. Lucky lève la tête.)* Regarde-moi, porc ! *(Lucky le regarde.)* Parfait. *(Il met la pipe dans sa poche, sort un petit vaporisateur et se vaporise la gorge, remet le vaporisateur dans sa poche, se racle la gorge, crache, ressort le vaporisateur, se revaporise la gorge, remet le vaporisateur dans sa poche.)* Je suis prêt. Tout le monde m'écoute ? *(Il regarde Lucky, tire sur la corde.)* Avance ! *(Lucky avance.)* Là ! *(Lucky s'arrête.)* Tout le monde est prêt ? *(Il les regarde tous les trois, Lucky en dernier, tire sur la corde.)* Alors quoi ? *(Lucky lève la tête).* Je n'aime pas parler dans le vide. Bon. Voyons. *(Il réfléchit.)*
ESTRAGON : Je m'en vais.
POZZO : Qu'est-ce que vous m'avez demandé au juste ?

VLADIMIR : Pourquoi il…
POZZO *(avec colère)* : Ne me coupez pas la parole ! *(Un temps. Plus calme.)* Si nous parlons tous en même temps nous n'en sortirons jamais. *(Un temps.)* Qu'est-ce que je disais ? *(Un temps. Plus fort.)* Qu'est-ce que je disais ?

Vladimir mime celui qui porte une lourde charge. Pozzo le regarde sans comprendre.

ESTRAGON *(avec force)* : Bagages ! *(Il pointe son doigt vers Lucky.)* Pourquoi ? Toujours tenir. *(Il fait celui qui ploie, en haletant.)* Jamais déposer. *(Il ouvre les mains, se redresse avec soulagement.)* Pourquoi ?
POZZO : J'y suis. Il fallait me le dire plus tôt. Pourquoi il ne se met pas à son aise. Essayons d'y voir clair. N'en a-t-il pas le droit ? Si. C'est donc qu'il ne veut pas ? Voilà qui est raisonné. Et pourquoi ne veut-il pas ? *(Un temps.)* Messieurs, je vais vous le dire.
VLADIMIR : Attention !
POZZO : C'est pour m'impressionner, pour que je le garde.
ESTRAGON : Comment ?
POZZO : Je me suis peut-être mal exprimé. Il cherche à m'apitoyer, pour que je renonce à me séparer de lui. Non, ce n'est pas tout à fait ça.
VLADIMIR : Vous voulez vous en débarrasser ?
POZZO : Il veut m'avoir, mais il ne m'aura pas.
VLADIMIR : Vous voulez vous en débarrasser ?
POZZO : Il s'imagine qu'en le voyant bon porteur je serai tenté de l'employer à l'avenir dans cette capacité.
ESTRAGON : Vous n'en voulez plus ?
POZZO : En réalité il porte comme un porc. Ce n'est pas son métier.
VLADIMIR : Vous voulez vous en débarrasser ?
POZZO : Il se figure qu'en le voyant infatigable je vais regretter ma décision. Tel est son misérable calcul. Comme si j'étais à court d'hommes de peine ! *(Tous les trois regardent Lucky.)* Atlas, fils de Jupiter ! *(Silence.)* Et voilà. Je pense avoir répondu à votre question. En avez-vous d'autres ? *(Jeu du vaporisateur.)*

VLADIMIR : Vous voulez vous en débarrasser ?

POZZO : Remarquez que j'aurais pu être à sa place et lui à la mienne. Si le hasard ne s'y était pas opposé. À chacun son dû.

VLADIMIR : Vous voulez vous en débarrasser ?

POZZO : En effet. Mais au lieu de le chasser, comme j'aurais pu, je veux dire au lieu de le mettre tout simplement à la porte, à coups de pied dans le cul, je l'emmène, telle est ma bonté, au marché de Saint-Sauveur, où je compte bien en tirer quelque chose. À vrai dire, chasser de tels êtres, ce n'est pas possible. Pour bien faire, il faudrait les tuer.

Lucky pleure.

ESTRAGON : Il pleure.

POZZO : Les vieux chiens ont plus de dignité. *(Il tend son mouchoir à Estragon.)* Consolez-le, puisque vous le plaignez. *(Estragon hésite.)* Prenez. *(Estragon prend le mouchoir.)* Essuyez-lui les yeux. Comme ça il se sentira moins abandonné.

Estragon hésite toujours.

VLADIMIR : Donne, je le ferai, moi.

Estragon ne veut pas donner le mouchoir. Gestes d'enfant.

POZZO : Dépêchez-vous. Bientôt il ne pleurera plus.

Jean GENET (1910-1986)

Le Balcon (1956)

(« Folio théâtre » n° 74)

La voleuse a reconnu ses larcins, mais le juge lui impose de respecter le rituel de l'interrogatoire : nier la faute, recevoir des coups, avouer et se repentir. Elle doit être une voleuse « modèle » pour qu'il puisse se sentir un juge « modèle » et justifier ainsi la présence du Bourreau. Au cours de la scène on assiste à une inversion absurde de situations : le Juge supplie la voleuse — et va même jusqu'à ramper ! — d'accepter d'être une « bonne » voleuse selon ses critères à lui !

LE JUGE, *irrité* : Vas-tu me répondre, oui ou non ? Qu'as-tu volé encore ? Où quand ? Comment ? Combien ? Pourquoi ? Pour qui ? — réponds.
LA VOLEUSE : Très souvent je suis entrée dans les maisons pendant l'absence des bonnes, en passant par l'escalier de service… je volais dans les tiroirs, je cassais la tirelire des gosses. *(Elle cherche visiblement ses mots.)* Une fois je me suis déguisée en honnête femme. J'avais mis un costume tailleur puce, un chapeau de paille noire avec des cerises, une voilette, et une paire de souliers noirs — talon bottier — alors je suis entrée…
LE JUGE, *pressé* : Où, Où ? Où, Où, — où — où ? Où es-tu entrée ?

Les où enfilés doivent à la fin donner Hou ! Hou ! Hou ! comme pour effrayer.

LA VOLEUSE : Je ne sais plus, pardonnez-moi.
LE BOURREAU : Je cogne ?
LE JUGE : Pas encore. *(À la fille.)* Où es-tu entrée ? Dis-moi où ? Où ? Où ? Où ? Où ? Hou ! Hou ! Hou !…
LA VOLEUSE, *affolée* : Mais je vous jure, je ne sais plus.
LE BOURREAU : Je cogne ? Monsieur le Juge, je cogne ?
LE JUGE, *au bourreau et s'approchant de lui* : Ah ! Ah ! ton plaisir dépend de moi. Tu aimes cogner, hein ? je t'approuve, Bourreau ! Magistral tas de viande, quartier de bidoche qu'une décision de moi fait bouger ! *(Il feint de se regarder dans le bourreau.)* Miroir qui me glorifie ! Image que je peux toucher, je t'aime. Jamais je n'aurais la force ni l'adresse pour laisser sur son dos des zébrures de feu. D'ailleurs, que pourrais-je faire de tant de force et d'adresse ? *(Il le touche.)* Tu es là ? Tu es là mon énorme bras, trop lourd pour moi, trop gros, trop gras pour mon épaule et qui marche tout seul à côté de moi ! Bras, quintal de viande, sans toi je ne serais rien… *(À la voleuse :)* Sans toi non plus, petite. Vous

êtes mes deux compléments parfaits... Ah le joli trio que nous formons ! *(À la voleuse :)* Mais toi, tu as un privilège sur lui, sur moi aussi d'ailleurs, celui de l'antériorité. Mon être de juge est une émanation de ton être de voleuse. Il suffirait que tu refuses... mais ne t'en avise pas !... que tu refuses d'être qui tu es — ce que tu es, donc qui tu es — pour que je cesse d'être... et que je disparaisse, évaporé. Crevé. Volatilisé. Nié. D'où : le Bien issu du... Mais alors ? Mais alors ? mais tu ne refuseras pas, n'est-ce pas ? Tu ne refuseras pas d'être une voleuse ? Ce serait mal. Ce serait criminel. Tu me priverais d'être ! *(Implorant :)* Dis, mon petit, mon amour, tu ne refuseras pas ?

LA VOLEUSE, *coquette* : Qui sait ?

LE JUGE : Comment ? Qu'est-ce que tu dis ? Tu me refuserais ? Dis-moi où ? Et dis-moi encore ce que tu as volé ?

LA VOLEUSE, *sèche et se relevant* : Non.

LE JUGE : Dis-moi où ? Ne sois pas cruelle...

LA VOLEUSE : Ne me tutoyez pas, voulez-vous ?

LE JUGE : Mademoiselle... madame. Je vous en prie. *(Il se jette à genoux.)* Voyez, je vous en supplie. Ne me laissez pas dans une posture pareille, attendant d'être juge ? S'il n'y avait pas de juge, où irions-nous, mais s'il n'y avait pas de voleurs ?

LA VOLEUSE, *ironique* : Et s'il n'y en avait pas ?

LE JUGE : Ce serait terrible. Mais vous ne me jouerez pas un tour pareil, n'est-ce pas ? Vous ne ferez pas qu'il n'y en ait pas ? Comprends-moi bien : que tu dissimules aussi longtemps que tu le peux et que mes nerfs le supportent, derrière le refus d'avouer, que malicieusement tu me fasses languir, trépigner si tu veux, piaffer, baver, suer, hennir d'impatience, ramper... car tu veux que je rampe ?

LE BOURREAU, *au juge* : Rampez !

LE JUGE : Je suis fier.

LE BOURREAU, *menaçant* : Rampez ! *(Le juge, qui était à genoux, se couche à plat ventre et rampe doucement en direction de la voleuse. À mesure qu'il avancera en rampant, la Voleuse reculera.)* Bien. Continuez.

LE JUGE, *à la voleuse* : Que tu me fasses ramper après mon être de juge, coquine, tu as bien raison, mais si tu me le refusais définitivement, garce, ce serait criminel…

LA VOLEUSE, *hautaine* : Appelez-moi madame et réclamez poliment.

LE JUGE : J'aurai ce que je veux ?

LA VOLEUSE, *coquette* : Ça coûte cher de voler.

LE JUGE : Je paierai ! Je paierai ce qu'il faudra madame. Mais si je n'avais plus à départager le Bien d'avec le Mal, je servirais à quoi je vous le demande ?

LA VOLEUSE : Je me le demande.

(Deuxième tableau.)

Chronologie

Georges Feydeau et son temps

1.

Un fils de romancier

Georges Feydeau est né à Paris le 8 décembre 1862. Son père, Ernest Feydeau, était financier, mais aussi romancier et auteur de théâtre, bien introduit dans les milieux littéraires. À la maison, Georges a donc rencontré dans son enfance : Flaubert, les frères Goncourt et bien d'autres écrivains. Et lorsque son père meurt, en 1873, sa mère épouse Henry Fouquier, un critique théâtral connu. Il baigne donc dès sa petite enfance dans une atmosphère artistique et littéraire. Il suivra très tôt et très naturellement cette pente. D'autre part, il est bien introduit dans la plus haute société… puisqu'on murmure qu'il serait en fait le fils de l'empereur Napoléon III ou, à défaut, d'un grand homme politique, le duc de Morny ! Il faut dire que sa mère la jolie Lodzia Zeleweska était fort courtisée !

10 décembre 1848 Louis-Napoléon Bonaparte est élu président.
2 décembre 1851 La Constitution ne lui permettant pas de se représenter, le président fait un coup d'État. L'année suivante, Louis-Napoléon obtient les pleins pouvoirs.
1852 Début du second Empire. Ce sera une dictature jusqu'en 1860, puis des réformes libérales voient le jour. C'est alors une période d'essor économique et de changements, par exemple le baron Haussmann, préfet de Seine de 1853 à 1870, transforme Paris.
1857 Baudelaire, *Les Fleurs du mal.* Flaubert, *Madame Bovary.*
1859 Darwin, *De l'origine des espèces.*
1869 Inauguration du canal de Suez. Verlaine, *Les Fêtes galantes.* Lautréamont, *Les Chants de Maldoror.*
19 juillet 1870 À la suite d'incidents diplomatiques, la France déclare la guerre à la Prusse.
2 septembre 1870 Napoléon III capitule à Sedan.
4 septembre 1870 La IIIe République est instaurée. La France demande l'armistice et perd l'Alsace et le nord de la Lorraine.
1871 L'insurrection populaire de la Commune à Paris est réprimée dans le sang.
1872 Monet, *Impression, soleil levant.*
1873 Mac Mahon devient président et instaure un « ordre moral » antirépublicain.
1874 Première exposition des impressionnistes.
1877 Zola, *L'Assommoir.*

2.

Le théâtre très tôt

Les études intéressent peu Feydeau et il s'essaie très vite à l'écriture puisqu'il rédige sa première pièce à sept ans, faisant, bien sûr, l'admiration de tous ! Ses premières tentatives théâtrales sont des piécettes en un acte, des monologues. Sans passer son baccalauréat, il devient acteur dans une petite troupe qu'il a fondée en 1876, Le Cercle des castagnettes, et joue ses propres textes et des textes d'autres auteurs. Un succès d'estime arrive vite : en effet *Par la fenêtre* en 1882 — il n'a donc que vingt ans ! — est bien reçu. Il en sera de même pour *Le Mouchoir, Un coup de tête, J'ai mal aux dents, Un monsieur qui n'aimait pas les monologues,* et bien d'autres. On voit, à la simple lecture des titres, combien l'humour de Feydeau est déjà présent. Des acteurs célèbres, Galipaux, Coquelin cadet, Judic, Saint-Germain jouent alors ses monologues. Il en écrira d'ailleurs certains spécialement pour chacun d'eux. En 1883, il est incorporé pour quelques mois au 74e régiment d'infanterie, à Rouen puis à Versailles. Malgré ses succès, il doit cependant gagner sa vie en étant tour à tour secrétaire général d'un théâtre, le Théâtre de la Renaissance, et journaliste : il est critique théâtral au *Dix-neuvième siècle,* journal dirigé par son beau-père. La consécration arrivera quatre ans plus tard avec *Tailleur pour dames,* vaudeville en trois actes joué dans un grand théâtre parisien. Viennent ensuite quelques années difficiles pour l'impatient jeune homme, car ni l'opérette *La Lycéenne* en 1887, ni *Au bain de ménage* en 1888 au Théâtre de la Renaissance, ni *Chat en poche* au théâtre Dejazet, ni *Les Fiancés de Loches,* au Théâtre de Cluny, la même année (pourtant d'une délicieuse loufoquerie), ni *L'Affaire Édouard* ni *Le Mariage de Barillon* en 1890, aux Variétés, n'obtiendront le moindre succès.

3.

Le temps du succès

En 1892 — il a trente ans — c'est le triomphe pour trois pièces en trois actes : *Monsieur chasse !*, au Théâtre de la Renaissance, *Champignol malgré lui* aux Nouveautés, *Le Système Ribadier* au Palais-Royal. Il est riche alors. Il est un des seigneurs des Boulevards dont il hante les cafés la nuit. C'est là qu'il puise en partie son inspiration. Il continue à écrire dans la journée, dans une grande concentration, avec un souci maniaque du détail. En 1890, il est admis à la Société des auteurs et compositeurs dramatiques et, en 1894, il est fait chevalier de la Légion d'honneur grâce à Dumas fils. C'est assez dire qu'il est bien introduit dans la société, et dans le monde des lettres. Il remporte aussi un vif succès en interprétant chez Mme Gaston Caillavet, avec cette dernière et Robert de Flers, le second acte des *Amants*, pièce de Maurice Daunay, si bien qu'Anatole France leur confie sa première pièce *Au petit bonheur*, qui sera jouée au même endroit. Il fréquente de nombreux salons, celui de Lucien Guitry par exemple, et rencontre les grands artistes de son temps : Alphonse Allais, Jules Renard, Edmond Rostand, Claude Debussy… Mais, dès 1891, il fait quelques spéculations financières désastreuses.

Pendant une quinzaine d'années, le succès est le plus

souvent au rendez-vous : *Un fil à la patte* et *L'Hôtel du libre échange* en 1894, *Le Dindon* en 1896, *La Dame de chez Maxim* en 1899 — qui sera jouée plus de mille fois —, *La Duchesse des Folies Bergère* en 1902, *La main passe* aux Nouveautés en 1904, *La Puce à l'oreille* en 1907, aux Nouveautés aussi, *Occupe-toi d'Amélie* en 1908 à la Comédie-Royale, sont autant de chefs-d'œuvre… et de triomphes ! Ils font oublier quelques échecs : *Notre futur*, ou l'opéra-comique *Le Billet de Joséphine*, en 1902, par exemple. Entre 1899 et 1901, donc après le succès de *La Dame de chez Maxim*, il prend le temps de se consacrer à la peinture.

1879	Jules Grévy est élu président de la République. La *Marseillaise* devient l'hymne national.
1880	On fête pour la première fois le 14-Juillet.
1881	Les lois du ministre de l'Instruction publique, Jules Ferry, rendent l'école gratuite, laïque et obligatoire.
1882	La Triple Alliance Allemagne-Autriche-Italie est signée.
1886	Rimbaud, *Illuminations*.
1887	Mallarmé, *Poésies complètes*.
1889	Bergson, *Essai sur les données immédiates de la conscience*. Exposition universelle à Paris, inauguration de la tour Eiffel.
1894	Début de l'affaire Dreyfus. Debussy, *Prélude à l'après-midi d'un faune*.
1896	Jarry, *Ubu Roi*.
1898	Zola écrit dans le journal *L'Aurore* le pamphlet « J'accuse » pour prendre la défense de Dreyfus. Une Alliance franco-russe voit le jour.
1904	L'Entente cordiale est décidée entre la France et l'Angleterre.

4.

La mésentente conjugale

Entre-temps, en 1889, il a épousé Mariane Carolus-Duran, fille d'un peintre connu. Ils auront quatre enfants : Germaine en 1890, et trois fils, Jacques en 1892, Michel en 1900, et Jean-Pierre en 1903. Ils ne s'entendent guère, si bien qu'il finira par partir en 1909 pour s'installer à l'hôtel Terminus, près de la gare Saint-Lazare où il continue de mener une vie de fêtard triste, puis par divorcer en 1916. Il ne faut pas chercher ailleurs l'inspiration des scènes de ménage qui parsèment son théâtre. Les femmes dépensières et acariâtres sont autant de portraits de sa femme ! Les maris infidèles, incapables de rentrer à l'heure, lui ressemblent aussi fort probablement ! Il joue et perd beaucoup d'argent, il accumule les dettes en collectionnant des tableaux qu'il lui faudra ensuite revendre. La première vente se fait en 1901. Il revend cent trente-six tableaux, de Boudin, Corot, Sisley, Monet… Cette vente sera suivie d'une deuxième en 1903, puis d'une vente d'objets en 1904.

C'est à cette période qu'il se désintéresse des grandes mécaniques en trois actes et se met à écrire des farces conjugales grinçantes. *Feu la mère de Madame* inaugure ce nouveau genre en 1908. Dans la même veine, il y aura ensuite *On purge bébé* en 1910, *Mais n'te promène donc pas toute nue* (1911) et *Léonie est en avance* en 1912, *Hortense a dit « je m'en fous »* en 1916.

5.

Une impuissance créatrice

En 1910, il entreprend une nouvelle pièce : *Cent millions qui tombent.* Il écrit les deux premiers actes et l'équipe qui doit jouer la pièce se met au travail… mais il n'arrive pas à écrire le troisième acte ! Il écrit alors le premier acte d'une autre pièce : *On va faire la cocotte.* Les répétitions commencent. Il n'arrive pas davantage à terminer !

Cependant, la reconnaissance est au rendez-vous et, en 1912, il est élu vice-président de la Société des auteurs et compositeurs dramatiques, en 1913 il est fait chevalier de la Légion d'honneur. À partir de 1919, il sombre peu à peu dans la folie. En fait, il est atteint d'une maladie sexuelle qui faisait des ravages à cette époque, la syphilis. Il meurt à cinquante-neuf ans au sanatorium de Rueil-Malmaison où il a été admis deux ans plus tôt.

1900	Exposition universelle.
1902	*Le Voyage dans la lune,* film de Méliès.
1905	Les lois de séparation de l'Église et de l'État sont votées.
1906	Dreyfus est réhabilité.
1907	Picasso, *Les Demoiselles d'Avignon.*
1914	L'archiduc héritier d'Autriche François-Ferdinand est assassiné à Sarajevo. Jaurès est assassiné. La Première Guerre mondiale est déclarée.
1916	La bataille de Verdun est particulièrement meurtrière. Freud, *Introduction à la psychanalyse.*
1918	L'armistice met fin à la Première Guerre mondiale.
1920	Création du parti communiste français au congrès de Tours.

Éléments pour une fiche de lecture

Regarder le tableau

- Le tableau s'organise selon deux diagonales : expliquez.
- Pouvez-vous situer précisément le lieu où se déroule la scène ?
- La palette du tableau : couleurs chaudes ou couleurs froides ? Justifiez ce choix.
- Un seul personnage n'est pas déguisé. Retrouvez-le, situez-le dans le tabelau et dites quel rôle il endosse. Quelque chose ou quelqu'un semble le regarder : décrivez-le et commentez.

Le titre

- Les titres de Feydeau sont toujours des clins d'œil aux spectateurs, ils les renseignent sur le contenu comique de la pièce. Après avoir lu *Feu la mère de Madame*, comment comprenez-vous son titre ? Que veut dire le mot « feu » ?
- Voici d'autres titres d'œuvres de Feydeau : *Occupe-toi d'Amélie*, *La Dame de chez Maxim*, *On purge bébé*, *Le Dindon*, *Hortense a dit « je m'en fous »*, *Tailleur pour dames*,

Un fil à la patte, *Mais n'te promène donc pas toute nue*. Pourquoi peut-on dire qu'ils annoncent une comédie, voire une farce ?

Les didascalies

- Les didascalies sont très importantes dans ce texte. Repérez dans le décor initial tous les éléments qui serviront ensuite dans la pièce (portes, meubles, objets) et précisez où.
- D'autres éléments ne sont pas indispensables au déroulement de l'intrigue. Donnez-en quelques exemples et montrez quel est leur intérêt.
- Imaginez que vous soyez metteur en scène. Quels sont les éléments que vous garderiez ? Pourquoi ? Pourrait-on concevoir une mise en scène sans ces éléments ? Comment s'y prendrait-on alors ?
- Outre les descriptions, les didascalies renseignent aussi sur les jeux de scène. Ainsi, à la scène 3, Joseph met la chemise d'Yvonne dans sa poche. Quel est l'intérêt d'une telle information ?
- Trouvez dans la pièce d'autres jeux de scène non seulement comiques, mais nécessaires au déroulement de l'intrigue.

Les costumes

- Décrivez le costume d'Yvonne au premier acte. Pourquoi Feydeau précise-t-il : « N'ayant pas le temps d'enfiler son peignoir, elle se le jette autour du cou comme un cache-nez » ? Décrivez le costume de Lucien à la scène 1. Pourquoi est-il ridicule d'après sa femme ?

- Relevez d'autres didascalies qui proposent un jeu de scène avec un vêtement et montrez leur intérêt.
- Le costume d'Annette à la scène 2 est décrit avec minutie. Quelle impression veut-il que le spectateur ait à l'entrée de la bonne ?
- À la scène 3, Lucien change de costume pour se rendre chez sa belle-mère… mais il est toujours aussi ridicule. Pourquoi ? La description du costume de Joseph à la scène 3 est précise. Imaginez que vous montiez cette pièce en la transposant de nos jours. Quel costume feriez-vous porter à Joseph, et pourquoi ?

Le temps

- La pendule est un élément important du décor. Quand apparaît-elle et pourquoi ?
- La sonnette est utilisée plusieurs fois. C'est un élément dramaturgique, c'est-à-dire qu'elle est essentielle au déroulement de la pièce. Quand apparaît-elle et pourquoi ?

La relation conjugale

- Repérez dans le texte les expressions que des enfants en colère pourraient s'échanger pour se culpabiliser mutuellement.
- Relevez toutes les inconvenances d'Yvonne. Que révèlent-elles du personnage ? Quel intérêt ont-elles pour le déroulement de la pièce ?

L'intrigue

- Il se passe peu de choses au cours des deux premières scènes. Quels éléments font cependant avancer l'intrigue ?
- L'accumulation de petits faits provoque de minuscules catastrophes en cascades. Relevez-en des exemples.
- En fait, est-ce l'intrigue qui est le plus important dans cette pièce ?
- Des événements se précipitent à la scène 3. Lesquels ? Les événements de la scène 3 pourraient être tragiques, pourtant ils font rire. Pourquoi ?
- Lucien et Yvonne semblent se réconcilier un temps. Comment ? Pourquoi ? Cette réconciliation est de courte durée. Qu'est-ce qui relance la dispute ? Qu'est-ce que cela révèle des personnages ?

Le comique

- Le comique gestuel est très important dans la pièce. Relevez-en des exemples. Vous font-ils penser à d'autres pièces de théâtre ou films que vous avez pu voir ? Montrez qu'il s'agit là de ressorts traditionnels du comique.
- Le comique verbal est essentiel. Dressez la liste des jeux de mots.

Le rôle de l'argent

- L'univers petit-bourgeois est au centre de la pièce. Les époux ont des soucis d'argent. Précisez lesquels.
- Quelle solution a trouvée Lucien pour venir à bout

des dettes qu'il a accumulées ? Peut-on dire qu'il s'agit là d'un des ressorts de la pièce ? Pourquoi ?

Écrire du théâtre

À votre tour, écrivez un dialogue comique qui mettra en scène une dispute conjugale. Trouvez tout d'abord le prétexte de la dispute. Prévoyez une chute. Imaginez des gags, gestuels et verbaux (ne tombez pas dans la grossièreté facile !).

Collège

Combats du XXe siècle en poésie (anthologie) (161)

Mère et fille (Correspondances de Mme de Sévigné, George Sand, Sido et Colette) (anthologie) (112)

Les récits de voyage (anthologie) (144)

La Bible (textes choisis) (49)

Fabliaux (textes choisis) (37)

La Farce de maître Pathelin (146)

ALAIN-FOURNIER, *Le grand Meaulnes* (174)

Jean ANOUILH, *Le Bal des voleurs* (113)

Honoré de BALZAC, *L'Élixir de longue vie* (153)

Joseph BÉDIER, *Le Roman de Tristan et Iseut* (178)

Henri BARBUSSE, *Le Feu* (91)

Lewis CARROLL, *Les Aventures d'Alice au pays des merveilles* (162)

CHRÉTIEN DE TROYES, *Le Chevalier au Lion* (2)

CHRÉTIEN DE TROYES, *Lancelot ou le Chevalier de la Charrette* (133)

COLETTE, *Dialogues de bêtes* (36)

Joseph CONRAD, *L'Hôte secret* (135)

Pierre CORNEILLE, *Le Cid* (13)

Roland DUBILLARD, *La Leçon de piano et autres diablogues* (160)

Romain GARY, *La Promesse de l'aube* (169)

Gustave FLAUBERT, *Trois contes* (6)

Jean GIONO, *L'Homme qui plantait des arbres* + Écrire la nature (anthologie) (134)

Wilhelm et Jacob GRIMM, *Contes* (textes choisis) (72)

Ernest HEMINGWAY, *Le vieil homme et la mer* (63)
HOMÈRE, *Odyssée* (18)
Victor HUGO, *Claude Gueux* suivi de *La Chute* (15)
Victor HUGO, *Jean Valjean (Un parcours autour des Misérables)* (117)
Thierry JONQUET, *La Vie de ma mère !* (106)
Joseph KESSEL, *Le Lion* (30)
Jean de LA FONTAINE, *Fables* (34)
J. M. G. LE CLÉZIO, *Mondo et autres histoires* (67)
Gaston LEROUX, *Le Mystère de la chambre jaune* (4)
Guy de MAUPASSANT, *12 contes réalistes* (42)
Guy de MAUPASSANT, *Boule de suif* (103)
MOLIÈRE, *Les Fourberies de Scapin* (3)
MOLIÈRE, *Le Médecin malgré lui* (20)
MOLIÈRE, *Trois courtes pièces* (26)
MOLIÈRE, *L'Avare* (41)
MOLIÈRE, *Les Précieuses ridicules* (163)
Alfred de MUSSET, *Fantasio* (182)
George ORWELL, *La Ferme des animaux* (94)
Louis PERGAUD, *La Guerre des boutons* (65)
Charles PERRAULT, *Contes de ma Mère l'Oye* (9)
Edgar Allan POE, *6 nouvelles fantastiques* (164)
Jacques PRÉVERT, *Paroles* (29)
Jules RENARD, *Poil de Carotte* (66)
Antoine de SAINT-EXUPÉRY, *Vol de nuit* (114)
Mary SHELLEY, *Frankenstein ou le Prométhée moderne* (145)
John STEINBECK, *Des souris et des hommes* (47)

DANS LA MÊME COLLECTION

Robert Louis STEVENSON, *L'Étrange Cas du docteur Jekyll et de M. Hyde* (53)

Jean TARDIEU, *9 courtes pièces* (156)

Michel TOURNIER, *Vendredi ou La Vie sauvage* (44)

Fred UHLMAN, *L'Ami retrouvé* (50)

Jules VALLÈS, *L'Enfant* (12)

Paul VERLAINE, *Fêtes galantes* (38)

Jules VERNE, *Le Tour du monde en 80 jours* (32)

H. G. WELLS, *La Guerre des mondes* (116)

Oscar WILDE, *Le Fantôme de Canterville* (22)

Marguerite YOURCENAR, *Comment Wang-Fô fut sauvé et autres nouvelles* (100)

Émile ZOLA, *3 nouvelles* (141)

Composition Interligne, Liège
Impression Novoprint
à Barcelone, le 05 mars 2010
Dépôt légal : mars 2010
ISBN 978-2-07-042379-8/Imprimé en Espagne.

171952